대통령의 선물

문지사

성공을 묻는 젊은이들에게

제1장|자기 자신의 가치

제2장|합리적인 생활습관

제4장 | 나의 인생은 나만의 빛깔이 있다

제5장 | 지적 수양의 조건

제6장|인생의 동반자

제8장|삶의 힌트

제1장 | 자기 자신의 가치

인격은 노력에 의해 훈련된다

끝없는 도전, 이것이 인생이다

자기 자신의 행동 기준을 높은 데 목표로 삼아야 된다는 생각을 갖고 있는 사람들이 많다. 그러므로 아이들에게 완벽한 교과서를 주어 배우게 하는 것보다 다소 뒤떨어진 교재를 이용하는 것이 더 빨리 내용을 익혀 학습 효과를 얻을 수 있다고 주장하는 교사도 있다.

너무 완벽한 교과서를 주면 학생들은 의욕을 잃게 되므로 그들의 능력보다 약간 수준이 낮은 교과서 내용이라면 자기도 이 정도는 할 수 있다는 자신감을 갖게 되어 의욕이 생긴다는 것이다.

그러나 이와 같은 사고방식은 절대로 잘못된 교육방법이라는 사실을 알아야 한다. 단순히 글씨 쓰기를 위한 교재라 할지라도 가능한 좋은 내용을 선별해서 주어야 한다. 왜냐하면 아이는 교재 내용을 그대로 답습하기 때문이다. 조금이라도 교재 내용을 해결할 수 있는 가능성이 엿보이는 아이라면, 자기 스스로 해보려는 향상심을 갖고 있다는데 유의해야 한다.

그러므로 한 인간이 할 수 있는 일이라면 다른 사람도 할 수 있음을 예시해 준다. 따라서 인간이 목표를 설정하여 추진해 나갈 수 있는 일이라면 어떤 일이든지 과감하게 도전해 보아야 한다. 그렇다면 이성을 가지고 있는 유일한 동물로서의 인간은 최고의 행동 기준을 지니고 있다고 단언해도 옳지 않겠는가. 그 기준에 맞도록 노력하고 교육시켜야 하는 것이 인간의 의무이며 책임이 아닌가 싶다.

작은 목표 밖에 세우지 못한 사람은 작은 일 밖에 달성하지 못한다. 그러므로 성공하려면 큰 희망을 갖고 큰 일을 시도해야 한다.

이와 같은 뜻을 항상 마음 속에 간직하며 실천하고 있는가의 여부에 따라 인격이 형성되고 어떻게 행동하는가에 따라 성공의 차이가 생긴다.

이렇듯 인생의 지침이 되는 목표를 전혀 갖지 못하고 있는 사람이나 또 비록 높은 이상을 가졌다고 해도 낮은 목표밖에 세우지 못하는 사람이 더 많다.

한편 이와는 반대로 높은 목표를 가지고 인생의 출발을 시작하는 사람도 있으나 발전과 성공의 정도는 각각 그 목표의 높이에 따라 정해지는 것이다.

태양을 향해 활시위를 당기는 사람은 비록 목표물을 맞추지는 못할지라도 자기의 키 만한 과녁을 노린 자 보다는 더 높게 화살을 날릴 수 있다는 옛말을 음해해 볼 필요가 있다.

인격 형성에 있어서 이 말은 절대적인 좌우명이 된다. 다만 한 가지 다른 점이 있다면 태양을 쏘아 맞추는 것은 불가능하다는 점이다. 하지만 젊은이들에게 있어서 불가능한 일에 도전하는 것이 결코 높은 목표를 갖는다는 것만을 뜻하지는 않는다.

'할 수 없다'는 말을 억제할 때 비로소 가능성이 열린다

성공한 사람의 모습이란 자신이 결정한 일이라면 무엇이나 할 수 있다는 신념에 찬 인간이라고 단정해도 지나친 말은 아닐 것이다. 이 세상을 살아가면서 남을 위해 도움이 될 사람이 되고자 노력하면 반드시 그렇게 된다.

내가 보는 시각으로는 요즘의 젊은이들은 자기 자신의 능력이나 가능성을 전혀 모르고 있는 것 같다. 큰 일, 훌륭한 일을 할 능력이 자기에게 있다고 하는 자신감이 없기 때문에 젊은이들은 전력을 다해서 노력할 의욕마저 잃게 되는 나약한 모습을 보인다.

알렉산더 대왕이나 시저, 찰스 대제, 나폴레옹 또는 워싱턴 같은 큰 인물이 어떻게 해서 생겨났을까? 이 위대한 인물들 역시도 과거에는 여러분들처럼 평범한 인물이었음이 틀림없다.

하지만 한 가지 목표를 향해 온 힘을 쏟은 결과가 그들을 그토록 위대한 인물로 만든 최대의 이유이다. 그러므로 절대적으로 필요한 것은 '그들이 한 일이라면 나도 할 수 있다'는 신념을 갖는 일이다. 비록 이만한 신념은 갖지 못할지라도 적어도 그들에게 조금이라도 가까이 다가가서 살펴

보면 분명한 교훈을 얻을 수 있다. 결심만 하면 대개의 일은 가능해진다.

'아무튼 해 본다', '우선 손을 대보겠다'라는 작은 결심이 때로는 큰 결과를 가져 온다.

그런데 해보지도 않고 '할 수 없다', '못 한다'라고 미리 겁을 먹으면 아무 일도 이룰 수가 없다. 해보겠다는 굳센 결심이 기적을 가져다 준다. 이와 같은 실례는 수없이 많지만, 여기서는 우선 한 가지만 예로 들어보겠다.

어떤 젊은이가 방탕한 나머지 끝내는 패가망신에 이르렀다. 생각다 못한 젊은이는 벼랑에 몸을 던져 자살하려고까지 했다. 그때 불현듯 이렇게 허무하게 죽을 바에는 지금까지 잃어버린 것을 되찾아야겠다는 비장한 결심을 하기에 이르렀다. 그는 이 결심을 지켜 온갖 막노동을 하며 한 걸음 한 걸음 앞으로 전진해 갔다. 그리하여 마침내는 옛날에는 이루지 못한 부자가 되어 막대한 재산을 남기고 세상을 떠났다.

나폴레옹의 굳건한 체력과 정신력, 프랭크린이나 워싱턴의 근면과 검소한 지혜, 그리고 끈질긴 인내심과 규칙적인 생활이 일체가 되어 세운 목표가 젊은이들에게 갖추어진다면 성공은 꼭 이루어질 것이다. 그러한 훌륭하고 멋진 일이 언젠가는 실현되도록 바라는 것은 지나친 욕심일까?

젊은이들 가운데 이러한 모범적 인간이 한 사람이라도 더 많이 나타나기를 바랄 뿐이다.

무엇 때문에 생활하며 행동하는가

젊은이들 중에는 자신만의 방침이나 행동, 삶에 대한 뚜렷한 목적을 갖고 있지 못한 이들이 많다. 그런 젊은이는 자기 자신에 대한 가치의 정도가 낮거나 전혀 목적 의식조차 갖고 있지 못하다. 안타까운 일이지만, 이것은 사실이다. 그들을 위해 가치 있는 목적이란, 어떤 것인가를 설명해 보기로 한다.

첫째로 권하고 싶은 것은 자기 자신의 행복을 소중히 여겨야 한다는 점이다. 이 점에 대해서 만큼은 어느 누구라도 관심이 없지는 않을 것이며, 오히려 당신의 인생에 있어서 첫 번째 목표로 삼을 일이다. 그리하여 마침내는 모든 욕구와 언동 속에서 자신의 행복을 추구하고 있는 새로운 모습을 발견할 수 있다.

그럼에도 불구하고 젊은이들은 종종 행복에 이르는 길을 스스로 그르쳐 버리기도 한다. 그 이유는 길을 안내해 주는 선배나 벗이 없던가 아니면, 당신 쪽에서 길을 안내해 주는 친절함을 거절하고 있기 때문이다. 이러한 태도는 노력하지 않고 쉽게 손에 잡히지 않는 행복을 차지한다는 기쁨으로부터 스스로 발길을 돌리고 있는 것이다.

둘째는 자기 가족을 어느 누구보다도 존중하고 사랑으로 대하기를 권하고 싶다. 은혜를 져버리고 배반당하는 일들을 직접 체험해 보지 않으면 자기가 어느 정도로 가족, 그 중에서도 부모로부터 헌신적인 사랑을 받고 있는지를 잘 모른다.

또한 자기 자신이 성장하여 가정을 이루게 되기까지 부모가 얼마나 당신을 생각하고 헌신적으로 정성을 기울여 왔는가를 알지 못한다. 그러나 독립된 한 가정의 가장으로서 책임감을 느끼게 될 나이에 이르게 되면 다소나마 부모의 입장을 깨닫게 되고 비로소 한 인간으로서의 자격을 갖추게 된다.

셋째는 나라와 사회를 위해 인격을 크게 향상시키려고 노력하지 않으면 안 된다는 점이다. 대부분의 젊은이들은 주위 사람들에게 봉사와 공헌을 하고 싶어도 자기에게 어느 정도의 능력이 있는가를 분별하지 못한다.

이 점에서는 선배들이나 어른들로부터 충고나 지도 받기를 권하고 싶다.

자신도 모르는 사이에 갖게 되는 삶에 대한 두려움

이 대목을 읽는 독자들은 분명 다음과 같은 의문을 갖게 될 것이다. 즉 여기서 설명하고자 하는 3가지 행동 목적을 다소나마 이해하지 못하는 사람이 어디에 있겠는가 하는 물음이다. 자신의 행복을 추구하지 않는 사람, 부모나 가족들, 친구들을 즐겁게 해주고 싶지 않은 사람이 있겠느냐 하는 의문이다.

많은 사람들, 특히 이 책을 읽고 있는 대다수의 젊은이들이라면 이와 같은 행동 목적에 대해 어느 정도는 깨닫고 있으리라 생각된다. 누구나 자기의 행복을 추구하고 있을 것이며, 자신에 대한 세상의 평가를 존중하고 신뢰하고 있을 것이다. 하지만, 자기 자신을 참으로 행복하게 해주는 것이 무엇인가에 대해서는 잘못된 생각을 가지고 있는 사람도 적지 않음을 엿볼 수 있다.

행복은 돈과 명예로부터 얻어진다고 생각하는 사람이 우리 주위에 너무나 많다. 그러한 사람은 밤낮없이 돈과 명예를 지상의 목적으로 알고 행동하며, 그것을 위해서는 모든 노력과 수단 방법을 가리지 않는다. 그들 역시 돈과 명예에 모든 기회가 있다고 생각하는 건 아니지만, 그것은 자기가 꼭 갖고 싶어하는 행복을 손에 넣기 위한 확실한 수단이 되는 길이라고 믿고 있는 것만은 틀림없는 사실이다.

그러나 단순히 행복해지기 위해 부를 추구한다면 돈을 버는 계획이나 사업에 성공하였다 해도 최초의 목적을 잊어버리게 된다. 그리하여 마침내는 또 다른 부를 쫓게 되고 오직 부자가 되는 일만이 인생의 목적이 되어버린다.

관능적인 즐거움이나 사회적 명성을 추구할 경우도 마찬가지다. 그런 것을 얻으면 얻을수록 인간성은 상실되고, 그것에 탐익하고 열중하면 그 외의 목적을 위해 새로운 마음가짐을 가질 수 없게 된다.

그러나 젊은이들이 자기 자신과 주위 사람들의 행복을 최대의 목적으로 삼고 행동한다면 뜻하는 대로 이루어진다. 그것은 틀림없는 사실이다.

그런 사람이라면 세상으로부터 참다운 인간으로 가치를 인정 받는다. 물론 현실적으로는 주위 사람들을 더 이상 행복하게 할 수 없을지도 모른다. 비록 그렇다치더라도 목적을 갖지 않은 많은 사람들보다는 훨씬 유익한 인물이 될 수 있다.

일하지 않은 자는 먹지도 말라

이 세상에서 삶을 영위하며 많은 사람들에게 도움을 줄 수 있는 인물이 되기 위해서 무엇보다도 중요한 점은 근면이다.

'일하기 싫은 사람은 먹지도 말라!'는 말처럼 건강한 육체와 건전한 정신을 가진 사람이라면 누구든지 살아가기 위해서는 노동이란 일을 하지 않으면 안 된다.

이 말은 옛날이나 지금까지 변치 않은 진실이다. 인간으로 태어나 일하기 싫다면 지구를 떠나 어딘가 다른 별나라에 가서 살아야 한다.

그러나 이를 한 낱말로 통틀어 노동이라고 하지만, 여기에는 여러 종류가 있다. 정신노동이 있으며, 육체노동도 있다. 어느 쪽이든 모두 세상에 도움을 주는 것은 사실이다. 갖가지 직업 중에서 자신에 알맞은 업종을 선택하게 되는데, 어떤 것이든 사회에서는 똑같이 중요한 일이다.

아무튼 사회 구성원으로 일을 하지 않으면 존재의 가치를 잃게 되는 것이 인간의 생존법칙이다. 비록 충분한 유산을 부모로부터 물려 받았다 하더라도 건강과 행복을 위해 일하지 않으면 안 된다.

재산가일지라도 태만한 생활을 하고 있으면 자기도 모르는 사이에 황폐한 인간으로 변모될 뿐만 아니라, 자식이 있다면 사랑하는 그 자식은 사회에 대해서도 부정을 저지르게 된다. 아이에게는 부모가 정당한 일을 해서 벌어들이는 수입을 요구할 권리가 있기 때문이다.

무엇보다도 경제적으로 자립한다는 각오를 충분히 한 다음에 인생의 출발을 힘차게 내딛기를 권하고 싶다. 출세하기 위해서는 자기 자신의 능력에 의지하게 마련인데, 경쟁이 치열한 오늘날의 사회에서는 이러한 각오가 무엇보다 절실하게 요구된다.

늘 남에게 의지하고 도움을 바라는 나약함은 대개 나태한 사람들이 갖고 있는 그릇된 습성이다. 우정이나 가까운 사람들의 호의에 의해 가까스로 취직을 하고 신용을 얻었다고 하면 어떻게 되겠는가. 그러한 지위는 불확실할 뿐만 아니라, 언제 어느 때에 도로아미타불이 되어버릴지 모른다.

그런 점에 각별히 유의하여 마음 속에 생활의 신념을 간직하고 있으면 그대의 지위는 견고하게 되어 쉽게 흔들리지 않는 참된 삶을 살아갈 수 있다.

자신의 능력으로 생활을 꾸려갈 수 있는 자유인이 되라

스스로 노력하며 일에 열중하여 참된 생활을 가지려고 하지 않은 사람은 무엇을 의지하고 살아가든 늘 경쟁 상대에게 둘러싸여 있거나 살기 다툼에서 패하여 뒷전으로 밀려날지 모른다.

이렇듯 우리의 삶이란 항상 위험에 놓이게 되어 자칫하면 인생의 낙오자로 전락할 수 있는 불안한 존재이다.

생활의 변화는 우리의 마음에 달려 있다. 의존적인 사람은 평생 동안을 아슬아슬하게 살아가야만 한다. 그것은 노예와 같은 신세로 삶을 낭비하며 살아가는 상황의 연속이다. 놀며 안일하게 사는 댓가가 바로 노예라는 신세다.

노예 근성은 실컷 먹을 것을 다 얻어먹고 난 다음에 그럴듯한 몸치장에 열중하는 나태함까지 보인다. 그들은 자기의 의견을 내세울 용기조차도 없다.

무엇보다도 노예에게는 확실한 의지가 없다. 주인과 생각이 다르면 어쩌나 하고 미리 두려워하기 때문이다. 주인이 하는 행동이 아무리 아니꼬와도(이를테면 난폭하고 술주정을 부리며 어리석더라도) 노예는 그저 잠자코 있어야 한다. 그렇지 않으면 당장 주인으로부터 심한 호통을 받거나 삶의 터전을 잃기 때문이다.

비록 주인보다 훨씬 많은 지식을 가졌다 해도 그가 하는 일이 더 현명하며 옳다고 생각하여 매사에 소극적이 되어야 하고 행동을 조심하지 않으면 안 된다.

주인이 모든 공로를 독차지하지 않는 경우라 할지라도, 그것이 자기가 한 일임에도 불구하고 그 공적의 일부가 자기 것처럼 보이면 당장 파멸로 이어지는 나약한 존재이기 때문이다.

노예라는 신분은 한 가지 뿐만이 아니라는 사실을 알아야 한다. 육체적인 뜻으로의 노예 이외에 정신적인 노예가 있다.

노예라는 존재는 어떤 경우에도 실존해 있어서는 안 된다. 그들은 주인의 그림자와 같은 존재이다. 그러나 독립된 인간이라면 높은 목표와 함께 평생토록 일하겠다는 결심으로 인생을 출발해야 한다.

세상에는 한 밑천을 벌게 되면 그 후부터는 편안하게 팔짱을 끼고 놀고 먹으려는 사람이 많다. 그러나 그것은 불가능한 삶의 방법이다. 청년기 · 중년기를 활동적으로 일해 온 사람이라면 심신 양면에 있어서 일을 하지 않고는 못 배기는 습성이 몸에 배어있게 마련이다.

그렇다고 나이가 들었는데도 젊은이들처럼 정열적으로 일을 해야 한다는건 아니다. 젊었을 때는 여러 분야에서 많은 활동을 해야 하지만, 장년기에 접어들면 그렇게 할 수가 없으며, 노년에 이르면 더욱 그렇다.

하지만 실제로는 젊은이들보다 노인 쪽이 오히려 더 노

동을 필요로 한다. 어렸을 때는 운동을 하지 않아도 생명력이 강하므로 그 해로움이 나타나지 않는다. 다만, 그에 대한 응보를 언제인가는 꼭 받게 되어 있다는 것이 인간의 운명이다.

인생도 황혼기에 접어들면 일로부터 은퇴한 사람이 왕왕 심신에 병이 생기는 것은 이러한 이유 때문이다. 그리하여 자신의 인생을 즐길 수도 남을 행복하게 할 수도 없게 되고 나아가서는 자기 자신을 비롯하여 주위 사람들에게 불행의 씨앗이 되어버린다.

못 오를 나무만 쳐다보면 불행이 찾아든다

근면이라는 습관이 중요하다는 인식은 사회적 통념이다. 그래서 더욱 근면한 습관을 가지려고 자기 나름대로 노력하고 있는 사람이 적지 않다. 그러한 노력은 타인의 강요에 못이겨 하는 경우도 있고 주위에서 칭찬하니까, 그저 무턱대고 하는 경우도 있다.

또 그 방법에 대해서 어떤 일정한 훈련이 필요하다고 생각하는 사람이 있는가 하면, 훌륭한 사람의 생활을 모범으로 삼으면 된다고 하는 사람도 있다.

자식들에게 근면한 습관을 길들여주는 것이 중요하다는 신념에서 오늘도 내일도 아들에게 산과 같은 큰 돌을 들어 나르게 한 아버지가 있었다. 이런 행위는 목적을 위해 바람직하며 근면함을 중하게 여겨 행하는 예다.

그러나 이와 같은 일만 계속 반복하여 시킨다면 결국 싫증을 느끼게 되고, 오히려 원래의 목적을 그르칠 위험이 있다. 목표를 달성하기 위해 힘겨운 일을 시키지 않더라도 누가 보나 유익하다고 생각하는 행동이라면 그것으로 충분한 노동이 된다.

누구든 하루하루 집을 떠나 사회 속에서 일을 하지 않으면 안 된다. 이것은 세상 사람들이 인정하는 유일한 삶의 방법이다. 우리는 일을 할 수 없을 때도 몸을 움직여야 하는 인체의 특성, 운동을 해야 생명을 유지할 수 있는 인간의 본능적 행위를 거부할 수 없다.

오늘날까지도 매우 불행한 일은 너 나 할 것없이 현상보다 높은 지위에 오르려 하고 있다는 데 있다. 또 대개의 사람들이 손에 물이나 흙을 묻히지 않고 보다 좋은 지위를 바라고 있다는 점이다.

하지만 모두가 재산가와 유한계급이 되는건 아니다. 개개인은 자기 직분에 맞는 직업을 선택하여 옷을 만들거나 집을 짓고 잘못된 곳을 고치는 사람도 필요하다.

한편으로는 장사꾼도 많아야 한다. 이 중에서 어떤 일을 할 것인가는 그만두고라도 인간은 뭔가 일을 하지 않을 수 없다는 사회적 동물이다. 그렇지 않으면 일하지 않은 자 먹지도 말라는 선고를 받게 된다.

그런데 부자가 되려고 안간힘을 쓰고 있는 젊은이들 사이에는 장차 재산을 모아 풍요로운 생활을 즐기며 상류층으로 보이려는 경향이 강하며, 그렇게 되기를 갈망하는 자가 대부분이다.

그렇다면 그 결과는 어떻게 되겠는가. 젊은이들은 부모의 보람이나 위안이 되어야 할 존재인데 일을 하지 않으므로 해서 오히려 무거운 짐만 안겨준다. 항상 오르지 못할 나무 끝만 바라본 나머지 결국 실의에 빠져 부질없고 부끄러운 일생을 보내게 된다.

게다가 결혼이라도 하게 되면 본인뿐만 아니라 주위 사

람들까지 구렁텅이로 몰고가는 꼴이 되어 불행하기 짝이 없는 삶을 살아가야만 한다.

무엇보다도 이런 사람에게는 보통 사람의 몇 배나 되는 악운이 따른다. 이러한 자기 불행을 연출하는 젊은이들 가운데 20명 중 9명은 요절하게 될 것이고, 그것도 아주 비참한 죽음을 맞게 될 것이다.

인색과 검약을 구별할 줄 아는 지혜

참다운 의미로서의 검약과 잘못된 검약이 있음을 구별할 줄 아는 지혜를 가져야 한다.

이런 사람이 있었다. 속에 치즈가 들어 있는 웨하스 과자를 먹을 때마다 겉의 2장을 벗겨내는 이상한 습성을 가지고 있었다. 두터운 웨하스라면 몰라도 엷은 것이라면 곧 바스러져버리게 마련이다. 제대로 벗긴다고 해도 과자 하나 때문에 그토록 시간을 들일 가치가 있는 것일까. 이것은 검약은커녕 오히려 불필요한 시간의 낭비라는걸 알아야 한다.

이러한 버릇은 우리가 흔히 볼 수 있는 잘못된 검약의 예이다. 또 너무 아끼는 것은 가난의 근원이 된다는 좋은 본보기를 보여주는 예이기도 하다.

'시간은 돈이다'라는 프랭크린의 말을 예로 들것도 없이 시간의 절약은 곧 돈의 절약으로 이어진다. 한편에서는 절약하지만 또 한쪽은 어떻게 되어도 나는 모른다라고 생각한다면 어리석기 짝이 없다. 따라서 시간의 절약은 삶의 중요한 연구과제가 된다는 사실을 염두에 두어야 한다.

하지만 이것은 여간 어려운 문제가 아니다. 누구나 1시간은 60분이라는걸 알고 있다. 그런데 60분이 1시간을 만들고 있다는 참다운 뜻을 알고 있는 사람은 얼마나 될까? 그것을 모르기에 3분 정도라면 별로 신경을 쓰지 않고 시간을 허비하고 있는 사람이 많은 것이다. 그러한 짧은 시간도 15회, 20회 거듭되면 1시간이 된다는 사실을 까맣게 모르고 있다.

잔돈을 소중히 여기면 큰돈이 저쪽에서 굴러들어온다는 말이나 티끌 모아 태산이라는 속담과 같이 1분을 소중히 하면 1시간이 충실하고 보람 있는 삶의 내용이 되는 것이다.

필자는 최근에 어떤 학교 교사로부터 다음과 같은 편지를 받았다. 그 글에서 교사는 조심스럽게 다음과 같은 의문을 말하고 있었다.

"프랭크린의 '시간은 돈이다'라는 말 때문에 구두쇠가 된 사람이 많은 것 같아요. 이 말의 뜻을 충분히 모른 채 사용되고 있는 것이 아닌지?"

올바른 뜻을 모르고 사용한다면 좋은 조언을 할 수 없다. 잘못 생각하고 행동으로 옮기는 경우도 우리 주변에는 얼마든지 있다.

또한 돈을 아끼듯이 시간을 아끼는 사람도 있을 것이다. 한쪽을 아껴 인색한 사람은 다른 쪽도 아껴 인색함이 습관화된다. 남을 행복하게 하기 위해 착한 일을 하는 방법은 언제 어디서나 광범위하게 널려 있다.

"돈벌이가 되지 않는 그런 일에 시간을 들이는 것이 아깝다."라고 말하는 사람은 수전노 못지 않게 불행한 사람이다.

젊은이들은 올바른 방법으로 시간을 절약하고 시간과 금전의 낭비를 피하지 않으면 안 된다.

생각을 행동으로 옮기는 것이 성공의 첫 번째 비결이다

검약의 습관은 중요한 삶의 가치에 있다.

첫째는 무슨 일이나 미리 정해 놓은 시간에 하는 일이며, 둘째는 해야 할 일이 많고 적고 간에 항상 계획을 세워두는 일이다.

이것은 일이나 공부, 놀이든 간에 마찬가지다. 그리고 웬만한 사건이 없는 한 그 계획을 중단해서는 안 된다. 놀라울 정도로 많은 일을 해치우면서도 여가 시간을 충분히 가질 수 있는 사람은 모두 이렇게 활용하고 있기 때문이다.

별다른 일도 하지 못하면서 여가 시간도 충분히 취하지 못하는 사람은 미리 계획을 세워 일을 하지 않기 때문이다. 그런 사람은 글자 그대로 무위하게 살고 있다는 증거이다.

어떤 유명한 네덜란드 수상은 방대한 분량의 일을 거뜬히 해내는데도 조금도 피로한 기색이 없었다. 그렇게 많은 일을 하면서도 어쩌면 그토록 느긋한 여가 시간을 가질 수 있는가라는 주위 사람들로부터 질문을 받고 그는 "그야, 무엇이나 한번 마음먹은 일은 곧 시행하기 때문이지요."라고 간단하게 대답을 했다.

자기 시간이라 할지라도 고용주로부터 지시 받은 것을

해결하려면 제약을 받고 있으므로 과연, 나만의 계획을 세울 수 있겠는가라고 반문하는 사람도 있을 것이다.

하지만 그렇지 않다. 자기 자신만의 것이라고 말할 수 있는 시간을 가질 수 없을 정도로 남을 위해 일하는 사람이 이 세상에는 그리 많지 않다. 이런 경우에서 한 사람의 인격이 시험되고 증명되는 좋은 기회다.

작은 것을 현명하게 사용할 수 있는 사람만이 큰 것도 제대로 활용할 수 있다.

하루 중에 여가 시간을 30분 갖는가, 아니면 1시간을 갖는가는 사람에 따라 다르겠지만, 이를테면 그 시간을 독서하는데 쓰려고 계획했다면 서슴없이 독서를 해야 한다. 그리고 공부하는 시간이 되면 곧 공부를 시작해야 한다.

자기만의 시간, 자유로워지고 싶은 얼마 안 되는 시간을 조금이라도 유효하게 쓰려고 노력하는 동안은 자기 일에 대한 관심과 애정이 생겨나게 된다. 그러므로 여가 시간이 적은 사람일수록 그 누구보다도 목적 있는 독서를 하는데 열중한다면 매우 생산적이다.

세상에서 위인이라고 불리우는 사람들 중에는 이렇게 짧은 시간을 활용해 훌륭해진 사람이 의외로 많음을 확인할 수 있다. 이러한 위인들 중에는 한결같이 독학으로 성공한 사람들이 있음에 주목해 볼 필요가 있다. 독학으로 무슨 일을 이룰 수 있는지 예를 들어보기로 하겠다.

15세된 소년이 있었다. 그는 공부하는데 환경이 좋지 않았으며, 특별한 교육도 전혀 받지 않았다. 그런 그가 로랜이 쓴 『고대사』를 약 3개월, 1년의 4분의 1에 걸쳐 읽은 것이다. 그러나 그 동안에도 그는 말할 수 없는 힘겨운 중노동을 하고 있었다 한다.

이렇게 어려운 환경 속에서 수준 높은 책을 1년에 4권씩 읽는다는 것은 보통 일이 아니며, 많은 인내가 요구된다.

'시간은 금'이라는 격언을 음미해 볼 일이다.

게으른 자는 항상 괴로움의 사슬에 얽매인다

훌륭한 인물이 되려고 한다면, 최대의 장애가 되는 것 중의 제일 큰 문제는 태만한 성격이다.

"인간만큼 소중한 존재는 없으므로 시간을 소중히 아껴 쓰지 않으면 안 된다."라고 그럴듯하게 말하는 사람이 우리 주위에는 많다.

그런 사람이 수면을 충분히 취했음에도 불구하고 침대에서 1~2시간을 필요 이상으로 누워 있는 경우가 있다.

말은 그럴듯하게 하면서 잠자리에서 쉽게 일어날 수 없는 사람은 쓸모 없는 통나무와 같다. 그런 사람은 잠자리에 뒹굴면서 무위하게 시간을 낭비하는 나태의 포로가 되어 있는 것이다.

일할 시간이 없다. 공부할 시간이 없다고 입버릇처럼 말하는 사람도 있다. 그러면서도 이제 그만 자리에서 일어나야지 하면서도 잠에서 깨어나지 못하고 시간을 낭비하기 일쑤다.

이처럼 그들은 항상 괴로운 사슬에 스스로 얽매어 있는 것이다. 그런 사슬에 얽매어 있는 한, 다른 것은 알아볼 필요조차 없는 존재라는 사실을 명심해야 할 것이다.

허무만이 남는 낭비된 삶

게으른 자는 사람 측에도 들지 못한다. 반푼이, 그 중에서도 최하등 동물로 취급된다. 그러한 사람은 하지 않아도 될 일을 미리 해치우려고 생각은 하면서도 실제로 실행에 옮기려고 하면, 그때까지의 의욕은 온데간데 없고 무기력해져서 몸이 말을 듣지 않는다.

물론 뭔가를 하려는 생각은 있겠지만 참으로 해야 할 단계에 가서는 의욕이 없어져버리는 것이다.

그러한 사람, 특히 젊은이의 경우 어떻게 하면 그와 같은 나태함으로부터 탈피할 수 있을까? 그러나 행동하지 않는 사람이라면 아무 것도 기대할 수 없다. 일을 하든 독서를 하든 금방 지쳐버리고 다행스럽게 공무원이 된다 하더라도 곧 자기 생활에 방해가 될 것이라고 스스로 나태에 빠진다.

이렇듯 그는 평생 동안을 푹신한 오리털 이불 속에 있지 않으면 안 되는 신세다. 그러므로 남에게 고용되면 1분이 1시간처럼 길고 지겹게 느껴지지만 하는 일없이 놀 때는 1시간도 1분처럼 짧게 보낸다.

이런 사람에게는 시간이 등을 돌리고 도망치기 십상이다. 그는 다리 밑을 흐르는 시간의 강물에 몸을 맡기고 있을 뿐이다. 이를테면 오늘 아침에 무슨 일을 했느냐고 물어도 대답할 수가 없다. 아무런 반성도 없이 그저 되는대로 시간을 보내며 살고 있기 때문이다. 더욱이 자기가 살고 있는지 그 여부조차도 깨닫지 못하고 있다.

게으름뱅이는 자고 싶을 만큼 실컷 자고 그저 빈둥거리며 아침 일찍 찾아온 상대와 잡담을 나누며 해가 지는 줄을 모른다. 아무리 중요한 일을 하다가도 잠시 틈만 나면 그걸 팽개치고 잡담으로 소중한 시간을 낭비해 버린다.

그러다가 저녁 식사 때가 되면 또 그 자리에서 오랜 시간을 보낸다. 아침과 같이 저녁에도 아무 소득 없이 지낸다. 그의 인생은 이것이 전부라고 해도 과언이 아니다. 한 인간의 이름에 값어치 없는 존재란 도대체 이 세상 어디에 도움이 된단 말인가.

이성을 지닌 동물인 인간이 인생이란 귀중한 선물을, 인간성의 존중을 스스로 포기하는 값없는 일을 할 수 있겠는가. 한 생애를 묘지에 묻힐 때 비로소 자신의 일생을 돌이켜보며 지나온 자신의 삶에 만족할 수 있을까.

그것이 호화 묘지이든, 초라한 묘지든 간에 세워진 묘비에 쓰여질 내용은 오직 '○○년에 태어나서 ○○년에 죽다.' 뿐일 것이다.

잘 자고 잘 먹으며 하루하루를 활성화한다

저녁 식사를 끝낸 후에 포도주 한 잔을 마시고 그 이상은 절대로 마시지 않으므로 자기는 절주를 하고 있다고 생각하는 사람이 있는 것 같다.

그와 흡사한 이야기로 밤 10시부터 11시까지 잠자리에 드는 것을 아직 빠르다고 생각하는 사람이 있는가 하면, 10시에 잠자리에 드는걸 너무 늦다고 생각하는 사람도 있다.

이른 아침의 맑은 공기는 건강에 유익하다는 말을 흔히 듣는다. 그러나 대개의 학자들은 잘못된 생각이라고 지적한다. 이는 충분한 수면을 취하고 상쾌한 기분으로 원기를 회복한다는 데서 생긴 속설이라는 것이다.

그러니까 자기 자신의 기분이 바뀌는 것이지 공기 그 자체가 바뀌는 것이 아니라는 것을 의미한다. 즉 육체와 정신이 지난밤부터 건강해져 있을 뿐이며 공기가 바뀐 것은 아니라는 뜻이다.

아침 공기가 어느 정도로 건강에 좋은가는 그만두더라도 어쨌든 건강에 해로울 리는 없다. 그 외에도 아침에 일찍 일어나면 하루 일과를 시작하는데 많은 도움이 된다. 저녁에 일찍 자면 늦잠 자는 버릇은 자연히 없어질 것이 아닌가.

아침에 일찍 일어나면 하루의 원기를 돋군다

아침에 일찍 일어나면 그에 따른 잇점은 얼마든지 있다. 우선 아침에 일찍 일어나서 그날 해야 할 일의 계획을 세우고 재빨리 착수하게 되면 대개, 그날은 하루 종일 막히는 일이 없다. 그것은 마치 시간이라고 하는 말이 갈기를 쥐고 앞으로 전진하며 용감하게 몰아붙이는 모습과 같다. 반대로 늦잠을 자면 허둥지둥 시간과 일에 쫓기게 마련이다.

아침에 일찍 일어나서 하루 일을 시작하는 기분은 각별한 생활의 멋을 느낄 수 있다. 생각하는 것, 말하는 것, 행동에 이르기까지 활기가 넘치게 되며 여유로운 상태는 하루 종일 지속되면서 단순히 기분만이 아니라 실제로 그렇게 된다. 이것은 성공한 많은 사람들의 체험에 의해 증명되고 있다.

인간은 자기의 잘못된 버릇에 대해 변명할 때는 이러쿵저러쿵 합당한 이유를 내세운다. 이를테면 늦잠 자는 버릇이 있는 사람은 자기는 아침에 일찍 일어나는 사람보다 더 많은 일을 하고 있다고 주장하기 일쑤다. 물론 경우에 따라서는 그런 사람도 있을지 모르나 현실적으로는 그와 반대다. 동작이 기민하고 활력에 넘쳐 있는 사람은 아침에 일찍 일어난다.

"일요일을 현명하게 이용하면 다음 1주일은 순조롭기 마련이다."라고 말한 적이 있는데, 이제까지 말해 온 내용을 종합해 보면 쉽게 그 이유를 알 수 있을 것이다.

특히, 날씨가 따뜻해지면 아침은 일하기에 가장 좋은 시간대가 된다. 도시에서 생활하는 사람들이 해가 뜬 것도 모르는 시간에 시골의 농부들이나 공장에서 일하는 사람들은 이미 하루 일량의 반은 해치우고 있다.

영국의 어떤 작가는 다음과 같이 쓰고 있다.

"수면 시간이 충분한데도 언제까지나 이불 속에서 비몽사몽 상태로 있는 것만큼 어리석은 시간 사용법도 없다. 일어나 있으면 일을 할 수 있는 준비가 필요할 것이며, 만일 잠들어 있다면 행동하는데 필요한 휴식을 취하고 있어야 한다. 그럼에도 불구하고 이것도 저것도 아닌 통나무 같은 모습으로 잠자리에 뒹굴고 있다는건 살아있다고 말할 수 없다."

예일대학의 한 교수는 강연이 있는 날에는 결코 잠자리에서 일어났다가 다시 침대 속으로 들어가는 나태함을 피했다. 건강한 사람이 이 규칙을 준수하면 수면 부족이나 수면 과다는 없게 된다는 것이다.

특별한 일로 혹은 마지못해 수면이 모자란 상태로 일어나지 못할 때는 다음날 저녁에 모자라는 만큼의 수면을 취하면 된다.

잠자는 기술을 익힌다

장수하는 사람은 아침에 일찍 일어나는 규칙적인 습관을 갖고 있다. 그런 요소를 체험하고 있는 어떤 의사는 확실하게 효과가 있다고 의학적으로 지적하고 있다.

장수 조건의 하나로 아침에 일찍 일어나는 규칙적인 습관을 제일 먼저 예로 들었다.

밤 12시 전의 1시간의 수면은 그 다음날의 2시간에 비교된다는 것이다. 이 말은 누구나 다 아는 오래된 속담이지만 명언임에 틀림없다.

일에 쫓긴 나머지 식사시간을 2~3시간 늦추는 것보다 평소 시간에 맞춰 자연스럽게 식사하는 습관이 소화도 원활해진다.

인간은 자연의 법칙에 따라 낮에 활동하고 저녁에는 잠을 잘 수 있도록 창조된 동물임에는 틀림없다. 저녁이라고 하면 어두워진 상태를 뜻하는 것은 아니다. 비교적 낮시간이 짧은, 겨울이 긴 북쪽 나라를 생각해 보면 알 수 있을 것이다. 어두운 쪽만을 생각한다면 낮이 짧고 밤이 긴 북쪽 나라에서는 거의 잠만 자고 지내야 한다.

또 3~4개월 동안 밤이 계속되는 북극이나 남극에서 사는 사람은 계속 수면을 취하고 있어야 한다. 그렇다면 아무 일도 할 수 없다는 말인가. 그러나 그곳 사람들은 어둠 속에서 낮시간 만큼 일하고 밤시간 만큼 수면을 취하는 기술을 터득하고 있다. 그러므로 수면 시간은 그날 꼭꼭 취하도록 해야 한다.

밤 10시면 잠자리에 들어야 할 시간인데도 12시가 넘도록 깨어 있다가 다음날 아침을 밝히고나서야 잔다고 하면 육체적으로나 정신적으로도 손실을 입게 된다.

이를테면 이러한 습관이 30년 동안 계속된다고 하면 우선적으로 많은 광열비를 지불해야 할 것이다. 이것을 한 사람 한 사람 분리시켜 따져보면 별로 큰 비용이 아니라고 생각할지 모르지만, 그런 사람들을 모아 계산해 보면 그야말로 천문학적 비용이 된다.

무엇보다도 밤늦게까지 깨어있다던가 밤새기를 되풀이하고 아침에 늦잠을 자는 잘못된 습관은 건강과 체력의 손실은 물론 광열비보다 더 큰 낭비된 삶을 가져온다.

거듭 말하거니와 올바른 수면은 밤 12시 전의 1시간이 아침의 1시간보다 더 값어치가 있다. 아침 수면은 기대할 수 없을 만큼 효과가 적어 평상시 밤과 같은 정도로 휴식을 취하려면 오랜 시간 수면을 취하지 않으면 안 된다.

밤 12시에 자고 아침 9시에 일어나는 사람은 저녁 10시에 자고 아침 6시에 일어나는 사람에 비해 1시간을 더 잔 셈이다.

그러나 어느 정도 효과적인 휴식을 취했는가를 비교해 보면 오히려 휴식량은 적은 편이다.

이런 결과로 볼 때 하루에 1시간을 불필요한 잠으로 손해를 본 셈이 된다. 새삼 프랭크린의 말을 빌릴 것도 없이 '시간은 돈이다'라는 격언이 실감난다.

어디 그뿐이겠는가. 손실은 또 있다. 청년에게나 노인에게나 시간은 정신적 향상을 위해서도 더없이 소중하다. 특히 아침의 시간은 더욱 그렇다.

나폴레옹이 큰 일을 이루게 한 원동력

이제까지는 필요한 만큼의 수면을 취한 경우를 말했는데, 그렇다면 필요 이상으로 잠을 잔 이후는 어떻게 될까? 하루에 1시간을 더 자게 되면 2배의 시간 낭비를 가져온다.

어쩌면 당신은 자신도 모르는 사이에 상당한 시간을 낭비하고 있는 지도 모른다. 무엇보다도 중요한 것은 졸고 있는 마음의 눈을 뜨고 자신의 어리석은 습관을 버리는 일이다.

나폴레옹은 다른 나라를 침공한 다음 그 국가의 황제를 폐위시켰다. 그래서 그는 끊임없는 전쟁으로 하여 하루 4시간 밖에 자지 않았으며, 어느 누구도 흉내낼 수 없을 정도로 두뇌와 몸을 혹사하며 일했다.

뛰어난 일을 한 인물들 중에는 하루에 6시간 이상을 자지 않은 사람이 많다. 그런데 또 다른 많은 사람들 가운데는 8시간을 자도 수면이 모자란다는 것이다.

만약 나폴레옹과 같은 큰 인물이 되고 싶다면 다른 나라를 침략하는 일은 해서 안 되지만, 자기 자신을 이기고 명예를 얻기 위해 필요한 대책을 강구하는데 많은 정열과 지혜를 쏟아야 한다. 이 길은 평탄한 것 같지만 남다른 용기가 필요하다. 다른 사람이 한 일이라면 자기라고 못할 리 없지 않겠는가.

무엇보다도 자기 자신에 대한 확고한 승리를 구하는 신념이 중요하다. 그것은 나폴레옹이나 시저, 알렉산더 대왕이 싸워서 얻은 명예보다도 훨씬 소중한 삶의 승리다. 정신적인 힘은 단순한 폭력보다 더 강하기 때문이다.

자기 자신을 사랑하듯이 부모와 윗사람을 사랑하라

젊은이들이 부모나 윗사람, 이웃 사람들에게 친절하고 충실해야 한다는 믿음은 실로 마음 흐뭇한 일이다. 그런데 이 점을 오해하고 있는 사람이 많은 것 같다.

실제 행동은 그만두더라도 이론상으로는 누구나 부모에 효도하지 않으면 안 된다고 생각하고 있다. 또 한편 젊은이들은 직장 상사에 대해, 적어도 본인 앞에서만은 충실하게 행동해야 함을 예의라고 생각하고 있는 것은 틀림없는 사실이다.

하지만 좀 더 자세히 관찰해 보면 사람이 없는 곳에서는 나쁜 일도 서슴없이 저지른다. 이와 같이 불성실한 일을 저지르는 사람이 있음은 결코 무시할 수 없는 사회적 현실이다.

돌보는 것만으로 출세한 인도 왕자의 하인

자기가 소속되어 있는 직장에 대하여 성의를 다 한다는 것은 단순히 맡은 일을 수행한다는 뜻이 아니라, 그 이상의 의미를 가지고 있다. 물론 직장에서 성실하게 일을 한다는 것은 당연한 의무다.

그러나 그것만에 머물지 않고 자기 직장이나 상사에 대해 애정까지도 가져야 한다. 그리고 음으로 양으로 회사의 업무와 재산을 자기 것처럼 지켜주어야 한다. 자신에게 이익이 있을 때만 절약에 힘쓰고 참을성 있게 일하는 자는 젊은이들의 이상으로부터 거리가 멀다.

그런 사람은 회사에 성의를 다해 봤자 무슨 이득을 보겠는가 반문하며 이기적인 자신의 태도를 정당화하고 있다. 정해진 시간에 할당 받은 일은 하지만, 그 이외는 여가 시간이나 이익이 돌아오지 않으면 손끝 하나 까딱도 하지 않은 자기 중심의 젊은이들이 얼마나 많은 지 모른다.

금이 간 벽을 메우는 일이라면 아주 짧은 시간에 보수할 수 있다. 그러한 단순한 작은 일이 회사의 재산을 크게 지켜준다는 사실이다. 그런데 직장에 소속된 사람들은 사소한 일을 소홀히 하고 있다는데 큰 문제가 있다.

회사 안에 흐트러져 있는 물건을 정리한다든가 쓰다 남은 계산서를 버리지 않고 모아두었다가 다시 재활용하는 것은 시간적으로나 경제적으로 회사에 많은 도움을 준다.

이렇듯 매사에 성실한 사원은 도움이 되는 일을 스스로 처리한다. 아무 댓가없이 이 정도의 봉사라면 결코 자기가 손해보는 일이라고는 생각하지 않을 것이다.

자기에게 아무 이득이 없다 하여 업무에 태만하거나 적당히 해치우는 젊은이가 있다면 다음과 같은 옛이야기에 귀를 기울여 보라. 이는 헌신적이고 충직한 어떤 하인에 관한 일인데 실제로 있었던 이야기다.

인도의 마라티라는 왕국에 한 젊은 왕자가 있었다.

어느 날 궁궐 안을 산책하고 있노라니 한 어린 하인이 왕자의 신발을 가슴에 꼬옥 껴안고 잠들어 있는 모습을 보고 크게 느끼는 바가 있었다. 그래서 그러한 작은 일에도 마음을 쓰고 보살피는 자라면 보다 중대한 일을 맡겨도 틀림없이 잘해 낼 것이라 판단하여 그 자리에서 그 어린 하인을 친위대원으로 발탁했다.

마침내 왕자의 판단이 옳았다는 것이 증명되었다. 그는 일사천리로 출세 가도를 달려 훗날 군사령관이 되어 그의 명성은 인도 전역에 널리 알려지게 되었다.

제2장 | 합리적인 생활습관

스스로 생각하고 스스로 결정한다

근면한 생활이 가져다 주는 성공의 지혜

무슨 일이나 절제하는 일, 이것은 매우 훌륭한 교훈이며 확실한 근거가 있는 좋은 말이기도 하다.

무분별한 폭음 폭식은 인간의 품성을 떨어뜨리는 나쁜 버릇이다. 그런 나쁜 버릇에 정신을 빼앗기는 사람이라면 미안한 말이지만, 어떤 충고도 거의 무용지물이다. 이와 같은 좋지 않은 버릇 때문에 고민하는 사람에게 다음과 같은 성서의 한 구절을 음미해 보기를 권한다.

하느님은 방탕한 자식을 가진 부모에게 명하셨다.

"그 자식을 마을의 장로에게 데리고 가서 '이 아이는 부모의 말에 따르지 않고 앞뒤를 모르며, 그저 먹고 마시는 생활에 빠져있습니다.'라고 말하게 하라. 그렇게 하면 장로들은 돌을 던져 그 자식을 사형에 처할 것이다."

이 구절을 읽으면 그 자식의 죄가 얼마나 큰 잘못인지를 알 수 있을 것이다.

폭음 폭식이라고까지 단언하는 범위가 너무 지나칠 정도로 마시고 먹는 도락, 때로는 삶의 즐거움이라 할지라도 아무튼 삼가야 한다. 그 이유는 폭음 폭식이 일반적으로 전혀 나쁜 일이라고 여겨지지 않는 경우가 많기 때문이다.

그뿐만 아니라, 음식물에 대해 남다른 기호나 취미에 가까울 만큼 세련되어 있으면, 오히려 그것을 자랑으로 여기는 사람이 많다.

그와 같은 취향의 미식가들은 음식물에 대하여 이것저것 지나칠 정도로 생각하는 것을 조금도 부끄럽게 여기고 있지 않을 뿐만 아니라 탐닉하는데는 상상을 초월한다.

그리스도교의 한 신부님은 다음과 같이 말하고 있다.

"고기 종류나 술의 양이 문제가 아니다. 그러한 것에 무분별하리 만큼 쉽게 탐닉하는 마음을 경고해야 한다."

즉 생리적으로 필요한 양 이상으로 음식에 빠지거나 탐닉한 나머지 식사를 즐기기 위해서 많은 비용과 해야 할 일이나 의무를 소홀히 하는 태도가 좋지 않다는 점을 지적하는 말이다. 하지만 음식물의 질이나 양도 문제가 된다.

낭비할 정도로 사치스러운 음식을 먹고 마시고자 하는 그릇된 생각이 어른이 되어서까지 버리지 못한다면 젊은이들로서는 더욱 멀리 해야 할 일이다.

그러므로 미식에 길들여진 습관을 가진 사람은 이미 그 인생의 반은 파멸에 접어들고 있는 셈이다.

들어라! 눈 먼 자들이여

사기나 절도, 폭력 등으로 교도소 신세를 지는 자의 흉내를 내지 말라는 충고가 아니다. 또한 우리 이웃의 모두로부터 비난 받는 반도덕적 행동을 취하지 말라는 것도 아니다. 다만 일반인에게는 유해하다고 생각되기는커녕 오히려 칭찬과 부러움을 받고 있는 미식의 습관에 대하여 경고하고자 한다.

미식은 인간의 성격과 행복을 파괴하는 그릇되고 편협한 습관이다. 그러므로 어렸을 때부터 그러한 잘못된 습관에 젖어들지 않도록 주의하는 것이 필요하다.

어쨌든 미식을 즐기기 위해서는 많은 돈이 든다. 특별한 음식이므로 재료도 비싸고 요리를 하려면 많은 시간과 노력이 요구된다. 오직 한 사람의 편향된 식욕을 채우기 위해 적어도 몇 사람이 매달리지 않으면 안 된다는 것은 어처구니 없는 소비이자 낭비다.

그러므로 몇 사람의 미각을 만족시키기 위해서라면 상당한 재료와 요리 도구, 그리고 인원과 노력이 필요할 것이다. 그 뿐만이 아니다. 그에 소비되는 시간도 생각하지 않으면 안 된다.

영국의 어떤 작가는 다음과 같이 쓰고 있다.

몇 년 전 나에게 건축 설계를 지망하는 한 젊은이가 찾아왔다. 설계 도면을 제작하는데 더 없는 실력을 가지고 있는 것처럼 보였다.

면접이 끝나자, 나는 그에게 일을 해보도록 부탁했다. 그런데 그는 창밖에 있는 교회의 시계탑을 보자, 그만 당황하며 "아, 벌써 이렇게 되었군. 이제 식사를 하지 않으면 안 돼요."라고 말하는 것이 아닌가.

그래서 나는

"식사를 하러 가지 않으면 안 된단 말이지? 그렇겠군. 식사를 하는 것도 중요한 일이지. 자네 말은 그 중요한 식사부터 해야 된단 말이로군. 그런 생각을 가지고 있다면 우리들은 함께 일을 할 수 없을 것같네."

이렇게 그를 거절한 일이 있다.

그 후에도 젊은이는 실업자가 되어 여러 가지로 많은 생활의 어려움을 겪고 있었는데도 취직 자리를 얻은 순간 먹고 마시기 위해 또다시 직장까지 버렸던 것이다. 소중한 일을 위해서라면 식사 정도는 3~4시간 후에 해결해도 별로 큰 지장은 없을 텐데도 말이다.

이 이야기는 상황에 따라 사소한 일은 참지 않으면 안 된다는 교훈을 일깨워 주고 있다. 물론 식사시간을 지키는 것을 가볍게 여겨서는 안 된다.

겉치레와 건강, 어느 쪽을 택할 것인가?

술을 마시지 못하는 사람은 동료들로부터 바보 취급을 받거나 때로는 따돌림을 당하게 마련인데, 필자가 보는 바로는 그가 가장 환영 받을 손님 중에 한 사람이다.

그것은 필자가 인색하고 구두쇠이기 때문이 아니다. 술을 마시지 못하는 사람은 우선 불필요한 좌석에 가지 않아도 되고, 다른 사람의 기분을 맞출 필요가 없으며, 방해가 될 정도로 남의 집에 오래 머물지 않으며, 주위 사람들과 함께 어울려 이성을 잃도록 마시는 일이 없기 때문이다.

그에 비해 술꾼이라는 이름이 붙은 사람은 어느 가정에서나 가볍게 초대할 수 없다. 왜냐 하면 그러한 손님을 접대하는 것은 매우 번거로운 일이 따르므로 누구나 즐거운 마음으로 초대하고 싶지 않은 상대로 취급 받는다. 주당이자 미식을 즐기는 사람은 이보다 더 따돌림을 받고 자기 혼자 쓸쓸하게 식사를 하지 않으면 안 되는 시간을 가져야 한다.

그러나 모든 것을 차지하고라도 이 세상에서 가장 중요한 것은 건강이다. 이를 얻지 않고서는 다른 그 어떤 것도 아무 가치가 없다. 그러므로 건강을 위해서는 과식 과음을 피해야 할 뿐만 아니라, 미식이라는 편견된 습관에 길들여지 말아야 한다.

다음의 교훈을 젊은이들은 거듭 유의해 주기를 바란다.

손님 접대는 물론, 식탁에 올려놓은 음식을 예의 바르게 먹을 것, 생전에 구경도 못한 것처럼 허겁지겁 먹는다면 주위 사람들로부터 눈총을 받게 된다. 한편 많은 사람들과 함께 회식하는 자리라면 먼저 음식을 들어서는 안 된다.

예절 바른 사람은 적은 양의 음식일지라도 충분히 만족한다. 식사량을 서운할 정도로 억제해야만 건강한 수면을 취할 수 있기 때문이다. 이를 잘 지키는 사람은 아침 일찍 기분 좋게 잠에서 깨어나 힘찬 하루를 시작할 수 있다.

고기를 너무 많이 먹으면 성인병의 원인이 된다. 육류를 과다하게 섭취하면 쉽게 감정의 동요를 느끼는 체질로 변모하게 된다. 그러므로 폭음 폭식으로 죽음에 이르는 사람까지 생긴다.

그러나 식양생食養生은 수명을 연장한다. 절대로 분위기나 기분, 겉치레에만 치우쳐 자주 많은 양의 술을 마시는 것은 금물이다. 이런 행위는 자기 스스로 인생을 낭비하는 것이며 파멸로 가는 지름길이다.

이 교훈은 진실을 말하고 있다. 그러므로 항상 기억해 두어야 할 일이다.

검소하게, 그러나 여유를 가지고 생활하라

좀 별난 사람이기는 하지만, 노력가로 알려져 있는 어떤 사람은 다음과 같이 자신의 성공에 대해 말하고 있다.

"나만큼 많은 일을 해낸 사람은 그리 많지 않을 것이다. 내가 이 만한 일을 할 수 있었던 것은 미식은 물론 음주에 흥미가 없었던 데도 관계가 있다. 아직 어린 자식과 하녀만을 데리고 시골에 있는 가족과 떨어져 도시로 나와 살고 있을 때에는 몇 주일 동안을 양고기로 식사를 대신한 일도 있다.

첫째 날은 양의 다리를 삶은 것이나 구운 것을 먹고, 둘째 날은 수육, 그리고 셋째 날은 삶아서 먹었다. 그 다음날은 남아 있는 양의 다리뼈를 삶아서 끼니를 해결했던 것이다. 혼자서 생활하고 있을 때 나는 매번 이렇게 했다. 날마다 같은 것을 먹던가 아니면 며칠 간에 걸쳐 주기적으로 몇 가지의 음식물을 반복하면서 정해진 시간에 꼭꼭 식사를 했던 것이다. 무엇보다도 식사 중에는 가급적 필요 없는 이야기를 하지 않았다. 그러므로 나는 이제까지 세 끼를 합쳐서 하루에 35분 이상을 식탁에 앉아 있은 적이 없었다.

나는 신선하고 청결한 음식을 좋아하며 거의 습관적으로

그러한 것을 먹도록 힘쓰고 있다. 음식물은 몸에 좋고 청결하기만 하면 그것으로 충분하다. 자기 입맛에 맞지 않으면 억지로 먹을 필요가 없다. 그러한 데에 불만을 가진 사람이라면 항상 굶주린 배를 움켜쥐고 있으면 된다."

물론 필자는 독자들에게 애써 양고기를 먹으라고 권하는 것은 아니며, 모두가 이 사람의 흉내를 내라는 것도 아니다. 그러나 분명히 생각해야 할 점이 한 가지 있다. 근면하다는 점에서 만큼은 절대로 남에게 뒤지지 않으려는 이 사람의 식사법에 대하여 독자들이 다소 소홀히 하고 있다는 것을 믿는다면, 미식이나 그밖의 식사습관은 결코 건강과 행복을 위해 절대 불가결한 것이 아니라는 사실을 여기서도 깨달을 수 있을 것이다.

그러나 반대로 받아들일 수 없는 점도 있음을 분명히 밝혀두고 싶다. 필자처럼 식사를 빨리 마치는 습관에는 찬성할 수 없다. 오히려 식사를 빨리 끝마치는 데에 더 큰 문제가 있다고 생각된다.

어떤 사업가는 이렇게 말하고 있다.

"상대에게 실례만 되지 않는다면, 나는 8분 이내로 식사를 마치고 싶은 생각이다."

이 글을 쓰고 있는 필자도 최소한 5분이면 식사를 끝마칠 수 있다. 그러나 이것은 음식물을 씹지도 않고 그대로 넘기는 것과 마찬가지로 먹는다고는 말할 수 없다. 이러한 식사라면 치아나 타액은 아무 도움도 되지 않는다.

식사를 5분이나 10분에 마치는 습관은 일에 열중한 근로자들 사이에서는 보통으로 되어 있다. 그러나 이런 습관은 결코 건강하거나 바람직한 경제적이라고는 말할 수 없다.

하루에 35분밖에 식사시간을 할애하지 않는다는 생각을 버리고, 특별한 경우가 아니라면 1시간 정도는 소비해야 한다. 그렇게 하면 치아나 타액도 원래의 생리적 기능을 다할 수 있게 도움을 준다.

잠깐 동안이라면 자신의 육체를 속일 수 있겠지만, 그 보답은 머지 않아 찾아온다. 식사를 빨리 하는 습관이 있는 사람에게는 위는 물론 간장의 기능 장애와 통풍, 류머티스 같은 매우 어려운 보답이 찾아오는 경우도 있다. 그렇게 되면 식사시간을 절약한 것보다도 보다 많은 시간을 잃게 될 것이다.

식사 중에 말을 하지 않는 것이 좋다는 생각에 대해서는 현자인 프랭크린도 같은 의견이었으나 필자는 그것이 잘못되었다고 생각한다.

나는 학교 구내식당에서 모두가 식사하고 있는 동안에 책을 낭독하며 들려주는 것을 자랑으로 여기는 한 학생을 알고 있다. 그러나 그것은 너무나 잘못된 방법이다. 그렇게 함으로서 무엇을 얻을 수 있겠는가? 오히려 잃은 쪽이 더 많다.

활시위를 언제까지나 끌어당기고만 있다면 반드시 끊어져 버린다. 마음을 항상 긴장하고 있을 수는 없다. 몸도 마음도 휴식할 때가 있어야 하며 스스로도 적당한 휴식을 바라고 있을 것이다.

필요 이상으로 식사에 많은 시간을 들이지는 않더라도 잘 씹어서 먹는 예의는 육체적으로나 정신건강을 위해서 꼭 필요하다.

자연을 있는 그대로 마신다

이 부분을 끝마치기 전에 한 가지 꼭 권하고 싶은 말이 있다. 그것은 차나 커피를 마시는 습관을 줄이거나 없애는 일이다. 나 역시 경험으로 깨달은 일이지만 차나 커피는 건강에 해롭다는 사실을 발견했다. 금주나 절식, 아침에 일찍 일어나는 것을 실행한다고 해도 차나 커피라는 또 다른 기호식품을 끊지 않으면 완전한 건강체는 유지될 수 없다는 사실이다.

다른 일은 그만두고라도 차나, 커피, 스프, 술 같은 음료를 날마다 1~2리터씩 먹고 마시면 건강에 큰 해를 가져오게 된다. 그러므로 자연이 마련해준 순수한 음료, 즉 생수만을 마신다고 하면 얼마나 바람직한 일이겠는가. 건강한 사람이라면 물만으로도 충분하다. 다른 음료수는 필요 없다. 신선한 물이 최고의 자연 음료인 것이다.

음식물에 대해서는 일반적으로 검소하게 먹고 마셔야 한다는 습관을 결론으로 삼고 싶다.

위에서 말했듯이 인간의 음료수는 물이지만 생명을 유지하기 위한 음식물에는 많은 종류가 있다. 그 중에서 우리 인간은 일반적인 경험과 자기 자신이 직접 얻은 결과로 하여 가장 도움이 되는 음식물을 선택할 권리가 있다.

우리 인간은 대체적으로 어떤 음식물을 먹어도 생존할 수 있지만, 자신의 생명을 보존하기 위해서는 적극적으로 골라서 먹지 않으면 안 된다. 어떤 음식물이 유익하다고 믿어진다면 처음에는 먹기 싫었지만 금방 좋아지게 된다.

따라서 음식에 관한 올바른 습관은 될 수 있는 대로 건강을 염두에 두고 빨리 익혀야 정상적인 생활을 영위할 수 있다. 다음의 두 가지 일에 유의하기 바란다.

첫째, 한 번에 먹는 식사의 양은 너무 많지 않은 것이 좋다. 아무리 좋은 음식물이라도 그것을 먹지 않는다면 무슨 소용이 있겠는가.

둘째, 알맞은 식사를 통해 원기를 회복하는데 1분이라도 불필요한 시간을 들여서는 안 된다. 무엇보다도 음식물을 잘 씹어서 먹기만 하면 된다. 위가 부담을 갖게 된다거나 정신이 멍해지거나 식상이 될 때에는 이미 안정을 잃게 된 후이다.

아침의 몇 분이 하루의 승부를 결정한다

아침 일찍 일어나는 중요성에 대해서는 이미 앞에서 언급했지만, 좀 더 구체적으로 이야기해 보기로 하자. 이러한 습관을 한번 몸에 익히게 되면 웬만해서는 버리지 못하는 일상적인 것이 된다.

아침에 일어나면 무엇보다도 먼저 그날 해야 할 일에 대한 계획을 세워야 한다. 그런 다음에는 급박한 사태가 생길 것을 미리 고려해볼 불안감을 가질 필요가 없다.

대다수의 성공한 사람들을 살펴보면 아침에 일찍 일어나서 그날의 계획을 미리 세우지 않는 사람이 없었다. 그들 가운데 가장 훌륭하게 출세한 사람은 해가 뜨기 전에 일어나서 그날 해야 할 일에 대한 계획을 세우는 것을 하루 일과의 첫번째로 행한 사람이다.

필자가 잘 알고 있는 성공한 사람은 1년 내내 그런 일을 실행하고 있었다.

아침에는 잠옷이나 슬리퍼 차림이 매우 편리하고 자유스럽다고 한다. 그 이유를 물어보자, '몸을 조이지 않아서 편하다'는 것이다. 그렇다면 하루 종일 그런 모습으로 있으면 좋다는 말인가?

의복은 검약과도 직결된다고 한다. 그렇다면 하루 종일 잠옷과 슬리퍼 차림으로 지내면 되지 않겠느냐는 질문을 던질 것이다.

이런 물음의 최후 대답은 '사실은 그것이 유행이므로…' 라는 말로 귀결되는 모순을 가져오기도 한다.

사실 우리는 대화를 나누다보면 진짜 말하고 싶은 내용이 맨 나중으로 돌려지기 마련이므로 잠옷과 슬리퍼가 이런 경우가 된 이유인지도 모른다.

그러나 이마에 땀이 나도록 일을 해야만 생계를 꾸려갈 각오가 되어 있는 사람에게 있어서는 잠옷과 슬리퍼 차림은 마땅치 않을 것이다.

거울은 적당한 장소에 놓여 있으면 편리하다. 그러나 그 외의 많은 생활상의 편리한 물건과 마찬가지로 결코 없어서는 곤란한 것은 아니다. 오히려 거울만 들여다보고 시간을 낭비하는 것보다는 차라리 그것을 치워버리는 편이 더 나을 것이다. 자기의 얼굴에 도취되어 바라보고 있다면 어리석은 시간의 낭비가 아닌가?

이런 일은 사소한 문제로 보일지 모르지만 날마다 반복되는 일상적인 일이므로 생활과 관계가 없다고 말할 수는 없을 것이다.

나약한 습관이 능력을 둔화시킨다

옷을 입거나 수염을 깎는 일을 1년에 한 번 또는 한 달에 한 번 정도라고 하면 이야기는 다르겠지만, 이것은 날마다 빼놓을 수 없는 기초적인 일상 중에 반복되는 일과이다.

무엇보다도 5분이면 끝날 것을 30분이나 50분 동안을 거울 앞에 서서 면도를 하는 사람이 있다. 면도에 소비하는 시간이 15분이라면, 그것은 하루 활동 시간의 약 1/50에 해당되므로 30분이나 50분을 걸려 몸치장을 하는 것은 실제로 큰 문제가 아닐 수 없다.

어떤 사람이 친구를 찾아갔다.

"당신 아이에게 라틴어를 가르칠 작정입니까?"

"아닙니다. 그보다도 본인에게 도움이 되는 것부터 가르쳐 줄 작정입니다."

"그렇다면……"

"그 일이라면 찬물을 사용하여 거울없이도 수염을 깎도록 해두는 일이지요."

독자들은 이 말을 듣고 웃을지도 모르지만, 그와 같은 사고방식을 갖고 자녀의 생활습관을 바로잡은 것은 위에 예를 든 한 사람만이 아니다. 이를 실행에 옮겨 매우 유익한 습관이라고 생각하는 사람은 의외로 주위에 많다. 오랫동안 이런 방법을 습관화하여 실행하고 있는 사람은 다음과 같은 활기찬 감상을 말하고 있다.

사실 면도는 하루 일과 중에서 빼놓을 수 없는 일상적인 것인데도, 그것이 얼마나 불편한 일인가를 생각해 보도록 하자.

우선 더운물이 있어야 한다. 그러기 위해서는 물을 끓이는 목적만으로 가스불을 켜지 않으면 안 된다. 그러다보면 자기가 해야 할 다른 일은 당연히 뒷전으로 밀려나게 된다. 면도가 끝난 다음 옷을 갈아입는 것 또한 큰일이다. 그렇지 않으면 하루 종일 지저분한 모습으로 지내야 하기 때문이다. 이렇듯 날마다 같은 일이 반복된다. 그렇게 하지 않으면 청결을 유지할 수 없다.

여행을 할 때에는 도착지의 형편에 따라 필요한 물건을 준비해 가지고 출발하지 않으면 안 된다. 그러므로 여행하기에 쾌적한 아침 시간은 출발 준비가 갖추어질 때 이미 지나가 버린다. 그러다보면 적당한 시각에 목적지에 도착할 수가 없고, 다시 여행할 장소를 찾는 것만으로도 불편함 같은 부담을 느끼게 된다.

그런 것들 모두가 면도를 한다고 하는 부질없는 작은 일에서부터 비롯되는 순서이다. 이 작은 일상적인 습관으로 하여 다른 일은 뒤로 밀려나서 중요한 일을 놓치게 되는 경우도 있다. 이것은 여행뿐만 아니라 사소한 부질없는 일로 많은 시간을 허비하고 있다는 증거이다.

외출 직전까지 아직 면도도 하지 않고 옷도 갈아입지 않았다면 물이 더워질 때까지 면도를 할 수 없는 상태는 아니다. 출근하거나 외출을 하기 위해서는 면도나 옷을 갈아입는 것을 신속히 마치고 곧 행동할 수 있는 태세를 갖추어야 한다.

그러기 위해서는 젊었을 때부터 몸치장에 많은 시간을 들이지 않는 습관을 가지고 그것을 확실히 지키도록 끊임없이 노력하지 않으면 안 된다.

합리적인 생활을 관철하는 자신의 엄격함

현재에 이르러 자기 자신이 이룩한 성공은 강건하고 검소한 생활습관 때문이라고 말하는 사람이 많다. 그러한 자기 자신에 대한 엄격한 습관이 없었다면, 아무리 착실히 절약하였다고 하더라도 그만한 성공은 쉽게 이룰 수 없었을 것이다. 여기에 군대라는 특수한 생활을 체험한 증인이 있는데, 그는 이렇게 말했다.

내가 군대에서 동료들보다 빨리 승진할 수 있었던 것은 무엇보다도 아침에 일찍 일어나는 습관과 시간을 슬기롭게 절약한 덕분이다. 나는 언제나 행동할 수 있는 만반의 태세를 갖추어 놓고 늘 긴장감을 늦추지 않았다. 10시에 보초를 서게 되어 있다면 9시까지는 이미 모든 준비를 끝내 놓고 교대시간을 기다린다. 그 덕분에 나는 단 1분이라도 남을 기다리게 하는 일이 없었으며, 또 어떤 급박한 상황이 벌어지더라도 지각하는 일이 없었다.

나는 20세 전에 하사에서 단번에 상사로 2계급 특진하여 30명이나 되는 부대의 동료 상사들 틈에 끼게 되었다. 이를 보고 남들은 모두 시기를 하거나 증오심까지 갖게 마련이지만, 그 후에도 일찍 일어나는 습관 때문에 실제로는 동료나 부하들로부터 질투를 받지 않았다.

아직 내가 상사가 되기 전에는 군무원으로서 부대 상황에 관한 아침 보고서를 쓰지 않으면 안 되었으나 진급된 후에는 곧 그 일을 그만두었다. 아무도 행군 준비를 하고 있지 않았을 때 나는 아침에 해야 할 업무를 모두 마치고 날씨가 좋은 날이면 혼자 단독 군장으로 1시간 이상 걸리는 행군에 나서기도 했다.

내 습관이란 대략 다음과 같은 것들이었다.

여름에는 날이 새자마자, 그리고 겨울에는 새벽 4시에는 정확하게 기상하여 면도를 하고 몸치장을 끝낸 다음 어깨에 권총띠를 맨다. 그런 다음 테이블 위에 권총을 놓고 언제라도 사용할 수 있도록 준비해 둔다. 그리고 나서 빵과 치즈, 훈제 돼지고기로 아침 식사를 비교적 간단히 마친다.

다음에 보고서를 쓴다. 부하로부터 서류가 도착하자마자 철저하게 확인 기입해 간다. 이렇게 하루의 업무 점검이 끝나면 한두 시간쯤 독서할 여가를 얻을 수 있다. 그 후에 연대가 훈련으로 출동하는 시간 이외에는 부대 안의 사사로운 작업을 감독하는 일로 충당된다.

만약 훈련 지휘가 나에게 맡겨지면 언제나 아침 햇빛에 총검이 빛나는 시간을 택하여 활용한다. 그러한 광경을 보는 것은 벅찬 자신감과 활력, 책임감이 가져다주는 신선한 감동을 맛볼 수 있었던 것이다.

대개 장교들이 외출하는 시간은 오후 6시나 밤 10시였다. 더위에 흘린 땀을 씻고 저녁식사가 끝난 사병들이 휴식을 즐기고 있을 때 그들은 지친 몸으로 돌아온다. 그러한 무분별한 잦은 외출이 컨디션을 엉망으로 만들어 놓으며 기분을 나쁘게 해주는 원인이 되기도 한다.

내가 일직 사령을 맡는 날이면 부하들은 꼬박 하루의 휴가를 얻을 수 있었다. 그들은 활기찬 모습으로 주변 마을이나 숲으로 달려가서 마음껏 산책을 즐기면서 산딸기를 따거나 새를 잡거나 물고기를 낚기도 하며 여러 가지 놀이를 즐기고 있는 것 같았다.

오히려 이러한 부대 분위기가 병영생활의 활력소가 되고 서로의 친목을 도모할 수 있어 좋은 주임상사로서 업무를 감당할 수 있었던 것이다. 이렇듯 한 젊은이가 아침에 일찍 일어나는 습관을 가진 것만으로도 많은 제복의 병사들이 기분 좋게 즐거운 병영생활을 보낼 수 있었던 것이다.

나 자신에 대해서 말한다면 불과 몇 년 전까지만 해도 면도하는데 더운 물을 사용하는 고정적인 습관을 비롯하여 병영 내에서 다른 동료들의 특별한 생활 신조 같은 것을 전해 듣고는 크게 웃었다.

그런데 평소에 가까이 지내고 있는 친구가 찬물로 면도를 사용하면서 그것이 얼마나 합리적인가를 자주 이야기하므로 시험 삼아 해보았다. 그 결과 예전 같이 더운물 없이는 절대로 면도를 할 수 없다는 그릇된 습관을 두 번 다시 되풀이하지 않겠다고 마음 속으로 다짐했던 것이다.

최근 어떤 건강잡지에 찬물은 더운물보다 훨씬 건강에 좋다는 기사가 실려 있었다. 나로서는 거기까지는 단언할 수 없지만, 아무튼 어느 쪽을 택하든 큰 차이는 없다고 생각한다.

면도를 하고 추운 밖으로 나갈 경우 더운물을 쓰는 편이 오히려 피부가 거칠어지기 쉽고 오히려 피부가 탄력을 잃고 때로는 발진이 생긴다는 사실을 경험으로 얻었기 때문이다.

날마다 그런 것은 아니지만, 나 역시도 거울없이 면도를 하는 경우가 있다. 거울은 편리한 도구이지만 너무 얽매이지 않으려고 항상 마음을 다져먹고 있다.

가난을 부끄럽게 여기지 말라

찰스 다윈은 가난을 두려워하는 것조차도 일종의 병이라고 하여 그 치료법까지 말하고 있을 정도이다.

현대사회에서의 가난은 원시적일 만큼 광범위하게 존재하지 않는다. 가난한 사람이라고 할지라도 실제로는 영양가 높은 식품이나 쾌적한 의복을 입고 있는 것이 보통이다. 아무리 돈이 많은 부자라도 그 이상 무엇이 더 필요하겠는가?

오늘날에 있어서의 가난은 현실이라기보다 오히려 상상력의 산물이다. 나 자신을 주위 사람들과 비교하여 가난하다고 생각되는 점을 부끄러워하는 그 자체가 더 치명적인 약점이 될 수 있다.

그러므로 가난은 풍부한 삶을 살아가기 위한 절호의 기회이기도 하다. 가난은 우리가 인생을 배우기 위한 매우 중요한 요소라는 사실을 깨닫는 지혜를 가져야 한다.

겉치레를 멀리 할 정도로 돈을 멀리하라

가난을 부끄럽게 여기는 점은 현대사회가 가져온 물질만능 풍조에 의한 영향이 크다.

성공한 사람이라고 하면 돈 많은 재벌의 총수, 그와 비슷한 부유층을 가리키는 한, 누구나 자기 자신을 실제 이상 부유한 모습으로 보이려고 과장하는 행동일지라도 하등 이상할 것이 없다.

자본주의 사회에서 돈 많은 부자가 주위 사람들로부터 칭찬을 받고 대다수의 가난한 사람들은 그들로부터 무시당하게 마련이다. 부자라고 하는 이유만으로 존경되고 찬양받는다고 하는 것이 오늘날의 사회 풍조라면 가난함은 부끄러워할 수 있는 당연한 일이다.

한편 그러한 감정이야말로 젊은 사람들이 인생에 첫발을 내딛을 때 만나게 되는 최대의 위험 요소 중에 하나이다. 그러한 불분명한 감정 때문에 금전적으로 파탄을 불러온 예가 매우 많다.

민주주의 사회가 지향하고자 하는 가장 아름다운 모습이 무엇인가 하면 자기의 재산이나 가난에 대하여 자랑하거나 숨기는 일없이 솔직하게 대화를 나눌 수 있다는 점이다. 진정한 민주사회라면 가난하다고 해서 무시당하는 일도 없고, 부자라고 하여 존경을 받는 일도 없다.

가난함을 수치로 생각한다면 이를 숨기기 위해 무리를 하게 된다. 고급 승용차는 물론 호화주택, 가구 등 욕망은 한이 없다.

한편 격식에 걸맞는 만찬회나 파티도 열지 않으면 안 된다. 그러한 자리를 즐거운 마음에서 마련하는 것이 아니라, 그렇게 하지 않으면 주위 사람들로부터 돈이 없다는 비난의 소리 때문에 거듭되는 낭비로 가난 속으로 전락해 버리는 요인이 될 수 있다. 가까운 주위를 살펴보면 그것이 사실임을 확인할 수 있을 것이다.

오히려 가난을 두려워한 나머지 소극적으로 일하는 사람이 패가망신하는 경우가 더 많음을 상기할 필요가 있다. 이러한 잘못된 사고방식과 부끄러움의 관념에 대해서는 처음부터 도전하지 않으면 안 된다.

삶에 대한 굳건하고 확실한 태도가 마음의 평정을 얻기 위한 기초가 된다는 사실을 명심해야 한다.

한 잔의 포도주가 의미하는 것

현재 이 시간에도 체면을 유지하기 위해 헛된 낭비를 거듭하고 있는 가정이 수없이 많다. 당사자들도 자신들의 과장된 생활이 불행을 초래하고 있다는 사실을 절실히 느끼고 있을 것이다. 그렇다면 그와 같은 생활 양식을 하루 아침에 바꾼다는 것은 수전노가 돈을 모으는 일을 그만두는 것 만큼이나 어렵다.

이를테면 애주가들이 술을 즐기는 것은 생활 수준의 척도이며 생활의 높낮이를 가늠하는 것처럼 인식되어 있다. 이러한 잘못된 관습과 사고방식을 없애는 것이 선결 문제이다. 그것만이라도 바로잡을 수 있다면 다른 문제도 해결될 것이며, 본래의 생활 수준으로 되돌아갈 수 있다.

한 잔의 포도주가 무엇을 의미하는가 하고 묻는다면 그냥 그것이 전부라고 대답할 뿐이다. 그 한 잔 때문에 불필요한 비용이 소모되기 때문에 불행의 의미가 포함되어 있다는 뜻이다.

물론 건강에도 해롭다. 그야말로 유독물이다. 포도주에도 소량의 알콜 성분이 포함되어 있으며, 다른 주류는 그 이상으로 유독하다는 것은 두말할 필요가 없다.

질병의 모든 원인 중에서 첫 번째가 알콜 음료가 주는 독성이다. 기호식품으로 홍차나 커피에도 인체에 유해한 성분이 있음은 널리 알려진 사실이다. 이와 같은 해로운 알콜 음료를 마시거나 기호식품에 길들여진 것은 겉치레로 주위 사람들로부터 구두쇠라든가 깍쟁이라는 말을 듣고 싶지 않기 때문에 체면상 마시고 있을 뿐이다.

이렇게 말하고 있는 동안에도 많은 가정에서는 가장 좋은 천연 음료인 물 이외에 여러 종류의 주류를 마시고 있을 것이다. 그 이유는 물만 마시고 있으면 고상한 가정이라고 남들에게 보여지지 않고 가족들조차도 가난하다고 생각되어지기 때문이다.

이런 까닭으로 가난의 주범은 종종 사람들이 훌륭하고 멋진 생활 그 자체를 너무나 동경한 나머지 스스로를 비하시킨데 더 큰 원인이 있다. 물론 자신의 가난함이 어리석은 행동이나 게으름, 무분별한데 원인이 된 경우와 비교하면 그 수는 그다지 많지 않지만, 그래도 상당한 숫자에 이르고 있음을 알 수 있다.

가난한 사람을 경멸하는 편견이나 돈이 많다는 이유만으로 존경하는 태도는 그릇된 사회 풍조이다. 그 사람의 인격이나 행동을 보고 공정한 평가를 해야 하며, 그에 의해 존경한다든가 경멸하는 것이 참다운 인물평이다.

사람들이 이상하리만큼 체면을 유지하려고 애쓰는 것은 가난을 두려워하는 자기 기피현상이다. 그것은 절대적으로 생활비가 모자란다든가 남이 동정할 정도의 궁색하다는 뜻은 아니다.

단지 주위 사람들로부터 가난하다는 말을 듣고 싶지 않으며 세상에 자기가 가난하다는 사실을 알리고 싶지 않다는데 더 큰 원인이 있다. 바꾸어 말하면 사회적으로 하류계층이라는 취급을 받지 않고싶다는 생각에서 오는 예민한 정서 때문이다.

생각해보면 가난 그 자체로 소중한 생명을 자살로까지 끌고갈 이유가 어디에 있겠는가?

현재는 불행을 겪고 있지만 예전 같은 몸과 마음을 가진 변함 없는 인간이다. 그렇다면 입고 먹는 것이 바뀌었다고 해서 자살을 하지 않으면 안될 정도로까지 절박한 것일까?

자기의 삶을 건강하게 유지하기 위해서는 돈을 소중히 여기고 검소하게 사용하며 무엇이나 자기의 틀 안에서 비용을 억제하지 않으면 안 된다.

그런 생활의 방편으로 쇼핑은 반드시 현금으로 할 일이다. 즉 시대의 풍조에 역행하는 일이 있더라도 결코 남에게 빚을 져서는 안 된다는 생활신조를 삶의 교훈으로 삼아주기 바란다.

제3장 | 친구를 사귀는 지혜

풍요로운 마음으로 살아가는 삶의 아름다움

남과 어울려 살아야만 비로소 한 인간이 된다

일반적인 습관이나 예의범절에 대해서는 별로 언급하지 않았지만, 그렇다고 무분별하게 넘겨도 괜찮다는 뜻은 아니다. 우리들의 행복은 사소한 일에 의해 좌우되는 부분이 많다는 것을 염두에 두어야 한다.

나라는 존재는 이 세상을 사는 오직 한 사람이라는 최소의 단위가 아니라, 사회의 일원으로서 공동의 삶을 살고 있다는데 그 의미가 크다. 한 사람 한 사람이 자기 나름대로의 가치관을 갖고 있으며, 또 그것을 주창하고 행사할 권리와 부여된 의무를 충실하게 지키지 않으면 안 된다는 사실을 알아야 한다.

자기 자신은 아주 사소한 일이라고 생각하고 있으나 상대방은 그와 전혀 다른 생각을 갖고, 그것을 중요하게 생각하는 경우도 있음을 염두에 두어야 한다.

이를테면 인사 방법이나 예의, 몸가짐 등은 대부분 개인적 가치관이나 교양에서 나타난다. 평소 가까이 이야기를 나누고 있는 절친한 상대의 안부를 물을 때, 편지로 인사를 묻는 경우에도 정해진 인사말이 있다. 그럴 경우 전혀 뜻이 없는 겉치레에 불과할 때가 많다.

그러나 중요한 내용을 목적으로 하는 경우라면 사소한 말이나 인사도 도움이 된다. 예의 범절을 갖춘 말은 호의와 친근감을 나타내는 훌륭한 자기 표현이다. 세상을 살아가면서 서로 이웃한 사람에게 인사조차도 하지 않는다면 신뢰를 받을 수 없다. 오히려 비난의 대상이 되어 건방지고 교만하며 비인격자라는 평판까지 듣게 된다.

이와 반대로 남에게 싫은 말을 듣지 않기 위해서 세상을 외면한체 극단의 개인주의에 빠져 있는 사람이 있다. 이들 부류의 사람은 야비한 대화나 경박한 행동, 세상의 일반적인 풍조에 시간을 낭비하는 것보다도 고독한 은둔생활을 하는 편이 자기가 할 일이라고까지 생각하는 것이다.

그러나 그것은 매우 잘못된 삶의 방법이다. 인류에게 많은 공헌을 한 사람들은 결코 그런 태도를 취하지 않는다. 그들은 적극적으로 세상과 사귀며 사회를 개선하기 위해 자신의 삶을 희생하면서까지 노력을 기울인다.

정말 훌륭한 철학자라면 주위 사람들로부터 전혀 호감을 가질 수 없는 타락한 행동을 일삼는 사람과도 자리를 같이 하여 음식을 함께 나누어 먹는다.

고독주의자로 알려져 있는 어떤 철학자는 다음과 같이 말하고 있다.

인간은 홀로 광야에 숨어 살거나 올빼미처럼 어두운 숲 속에서 생활할 수 없는 존재다. 나는 제자들에게 세상으로부터 도피하여 몸을 숨기거나 사람을 피하는 일은 하지 않도록 진심으로 충고하고 있다.

올바른 인간이란 세상과 사귐으로서 그 속에서 도리를

깨닫게 되어 마침내는 현명하고 연민에 찬 인격자가 될 수 있으며 즐거움과 조언도 얻을 수 있는 조화의 지혜를 터득할 수 있다.

또한 상대편의 어리석은 이야기를 조용히 경청한 다음 그의 잘못을 용서하고 그 결점에 눈을 감지 않고서는 사회생활의 즐거움과 아름다움을 맛볼 수 없는 것이다.

작은 일이 가장 큰 일이라고 항상 마음 속에 새겨둔다

우리 인간이 사회생활을 하면서 주고받는 인사 만큼이나 입는 옷에 대해서도 전혀 무시할 수 없는 예의가 있다.

모자의 빛깔이나 양복의 길이가 한 인간의 정신력을 높이거나 건전한 마음을 조장하는 것은 아니다. 그러나 대부분의 사람들은 외견상의 판단으로 선입견을 갖게 되는 것은 사실이며 아울러 상대의 호감을 좌우하는 본보기가 되기도 한다.

따라서 자기의 능력을 소중히 생각한다면 의복의 유행이나 종류를 소홀히 생각해서는 안 된다. 유행의 선두에 서는 것도 좋지 않지만, 그렇다고 유행에 너무 뒤져서도 안 된다. 무엇보다도 염두에 두어야 할 점은 우리가 공동의 삶을 영위하고 있다는 점이다.

나는 작은 일이 곧 큰 일이라는 역설적 표현이 매우 마음에 든다. 이는 작은 일이 큰 결과를 가져온다는 뜻으로 진실을 예리하게 지적하고 있는 말이기도 하다.

물질의 현상을 보더라도 작은 원인이 모르는 사이에 작용하여 큰 결과를 낳고 있다. 자연이 그 모습을 나타내는 현상은 큰 폭풍도 아니며 또 홍수나 맹렬한 더위도 아니다. 그것은 미풍이나 한여름의 부드럽고 시원한 비나 맑은 이

슬을 볼 때 신비한 자연의 아름다움을 엿보게 한다.

인생에 있어서도 큰 결과를 가져오는 것은 아주 작은 일인 경우가 많다. 부자가 되는 것은 작은 돈을 소중히 다루는 사람이다. 작은 돈을 우습게 여기는 사람은 결코 부자가 될 수 없다. 말을 삼가고 한마디라도 예의에 어긋난 말을 쓰지 않도록 늘 주의하면 나쁜 말을 사용하지 않게 된다. 손쉬운 한 잔의 술이 많은 술을 마시게 할 위험이 따르며 불결한 생각은 육욕의 포로가 될 욕망을 안고 있다.

그러나 아무리 좋지 않은 행위일지라도 단 한번으로 그친다면 용서를 받을 수 있으나 사소한 잘못을 계속해서 되풀이하면 남이 용서한다 하더라도 자신의 몸이나 정신에 미치는 영향은 매우 크다.

늘 작은 잘못을 저지르고 있으면 좋지 않은 행동에 곧 익숙해져 버린다. 즉 마음에 병이 든다. 그러므로 무심하게 행동으로 옮기는 그릇된 사고방식, 작은 돈이나 단편적인 짧은 시간의 남용, 그리하여 사소한 말이나 아무 뜻도 없는 행위로 돌이킬 수 없는 잘못을 저질러서는 안 된다.

사소한 일이 자신의 삶에 전혀 해롭지 않다고 생각하거나 별다른 문제가 없다고 생각하고 있는 사람에 대하여 다음과 같은 경고의 말을 들려주고 싶다.

"자기 자신에 대해 불안감을 갖지 않는 사람에게서 더 큰 불안을 느끼고 있다."

저자는 이 말을 인정하지 않을 수가 없다. 또한 이 말이 갖고 있는 설득력에 찬사를 아끼지 않는다.

스스로 손해보는 감정을 만들고 있지 않는가

인간의 성격은 천차만별이다. 자주 화를 내는 사람이 있는가 하면, 웬만해서는 자신의 감정을 드러내지 않는 사람도 있다. 그러나 이러한 성질도 습관에 따라 큰 차이가 있음을 알아야 한다.

자신이 화를 잘 내는 성격의 소유자라고 판단되면 화를 낼 때의 기분을 상기하고, 곧 이럴 경우 어떤 일을 맨 먼저 처리해야 하는가를 주의 깊게 반성해 볼 일이다. 온순한 성격의 사람은 남들이 쉽게 표현할 수 없는 부드러운 태도로 말을 하고 행동하는 여유를 지니고 있다.

불행한 일을 당한 사람에게 오히려 고통이 살아가는데 좋은 약이 된다고 말한다거나 형벌을 받은 범죄자에 대하여 그와 같은 벌을 받는 것은 당연하다고 무심히 말한 적은 없는가.

죄인이 처형된 사실을 알고 '좀 더 빨리 교수형을 받았어야 했는데…', 그리고 '교수형도 싸지 뭐!'라고 서슴없이 말하고 있지는 않는가.

이러한 사실에 대해서 늘 화난 말투로 얘기하고 있으면 자기 자신도 모르는 사이에 습성이 되어 금방 분노에 몸을 맡겨버리는 감정적인 사람이 된다.

그러므로 성질이 급한 사람은 부드럽고 온순한 화법을 배워야 한다. 습관적으로 큰 소리를 내면서 격한 말투로 이야기를 하면 확실히 감정적인 사람이 되어 늘 많은 일을 그르치게 된다.

분위기를 바꾸는 매력

필자에게 매우 안타깝게 생각되는 것은 학교 수업을 하면서 아이들이 자연과학 시간에 실험용으로 작은 동물을 죽이는 것이 허용되어 있으며, 그 실적이 학과 점수로까지 채택되어 있다는 점이다.

한편 아이들은 거리낌없이 작은 곤충이나 동물을 증오하면서 재미있는 놀이로 죽이고 있다. 이는 생명에 대한 존엄성을 저버리는 행위다. 이러한 마음가짐이라면 장래에도 동물들을 미워하거나 하찮게 취급할 것이다.

자기의 기분을 나쁘게 해주는 해충이나 파충류에 대해 미운 감정을 늘 가지고 있으면, 그것이 연장되어 자신에게 불쾌한 일을 가져다주는 상대에 대해서 증오심에 몸을 맡기게 되어버리지 않을까 염려된다.

찰스 다윈에 의하면 불쾌한 일을 생각하거나 그 당시의 감정으로 몸짓이나 말투를 흉내내고 있으면, 실제로 화가 난다는 것이다. 나는 몇 번이나 스스로 실험해 보았는데, 이 말은 옳았다.

자기가 화를 잘 내는 성격의 소유자라면 격한 감정을 자제할 수 있는 마음가짐을 훈련해야 한다. 그 첫째는 말투를 억제하는 일이다. 어느 퀘커교도와 장사꾼의 이야기는 좋은 교훈이 될 것이다.

런던의 한 상인이 퀘커교를 믿는 신자와 거액의 대금 결산을 의논하게 되었는데, 상인은 일이 뜻대로 되지 않자 재판에 넘기려고 했다. 신자 또한 자기의 입장이 정당했으므로 전력을 다해 상인에게 잘못을 인정시키려고 하여 상담이 결렬되었다.

어느날 아침 퀘커교도는 최후의 담판을 하려고 상인을 찾아갔다. 문 밖에서 주인을 찾는 소리를 들은 상인은 계단 위에서 큰 소리로 이렇게 말했다.

"그 나쁜 놈에게 지금 외출하여 없다고 말하라."

그러자 퀘커교도는 상인을 올려다보며 조용히 말했다.

"좋은 친구여, 부디 침착하세요."

그 말의 온순함에 놀란 상인은 보다 신중하게 그 문제를 다시 생각하게 되었다. 그 결과 자신의 처사가 잘못되었으며 상대가 옳았음을 인정하기에 이르렀던 것이다.

상인은 퀘커교도에게 면회를 청하여 자기의 잘못을 인정한 다음 이렇게 물었다.

"당신에게 한 가지 물어볼 것이 있소. 내가 한 욕설을 어떻게 참을 수 있었습니까?"

그러자 퀘커교도는 공손히 말했다.

"친구여, 거기에는 이런 까닭이 있지요. 나는 원래 당신과 같이 성질이 매우 급한 사람이었습니다. 그러나 그런 성질에 얽매임은 스스로 어리석다는 판단을 하게 되었습니다. 즉 감정적인 사람은 큰 소리로 말을 한다는 사실을 알게 되었던 것입니다. 그래서 말소리를 낮추면 감정도 자연히 억제될 것이라고 생각했던 거지요. 그래서 일정한 높이 이상의 소리는 내지 않도록 스스로를 자제했답니다. 그것을 꾸준히 연습하고 지킨 덕분에 태어날 때부터 가지고 있던 급한 성질을 완전히 바꿀 수 있었던 거지요, 이해하시겠습니까."

시간을 벌어 머리를 식혀라

만약 주위 사람들의 잘못된 태도나 사소한 마찰로 하여 화가 날 때에는 잠깐 그 일에 대하여 곰곰히 생각해 보는 주의력을 가져야 한다.

자기 자신은 너무 성질이 급해서 그런 일은 도저히 참을 수 없다고 생각되면 좀 더 시간을 벌기 위한 방법을 강구해야 한다. 천천히 마음 속으로 10에서 20까지 숫자를 세고 있으면, 다소 감정을 진정시키는데 도움이 된다고 말하는 심리학자도 있다.

다음은 유명한 철학자가 보여준 일화인데, 화기 치밀어 오르는 마음을 억제하는 방법으로서 적절한 예를 말해 주었다. 이는 우리가 살아가는데 매우 도움이 되는 삶의 지혜가 될 것이다.

이 철학자는 몸이 약해서 아주 사소한 일에도 화를 내거나 짜증스러움을 드러냈다.

그러던 어느날 러시아 황태자와 귀부인들이 병문안을 왔다. 이에 신경이 날카로와진 철학자는 몸을 일으켜 손님들에게 방에서 나가라고 호통을 쳤다.

얼마 후에 그는 자기의 경솔함을 후회하고 뉘우치기 시작하고 있을 때, 다시 황태자가 방으로 들어와서 따뜻한 대화를 나누게 되었다. 황태자는 그에게 다음과 같은 충고를 했던 것이다.

"또다시 친구들에게 무례한 짓을 하게 될 것 같으면 조용히 마음 속으로 기도를 하시오."

철학자는 이 충고를 듣고 그 후부터는 자신의 신경질을 억제할 수 있게 되었다는 것이다.

그로부터 얼마 후에 이번에는 황태자가 철학자의 충고를 받기 위해서 방문했다. 그것은 연인에 대한 심한 갈등을 어떻게 하면 극복할 수 있겠느냐 하는 번민이었다.

그러자 철학자는 이렇게 대답해 주었다.

"그런 일이라면 황태자께서 말씀하신 것보다 더 좋은 방법은 없습니다. 자신의 열정에 질 것 같으면 기도를 하는 것이 제일 좋은 방법입니다. 그렇게 하면 열정을 순수한 영구불변의 애정으로 바꿀 수 있을 것입니다."

이것은 자신을 다스리기 위한 시간을 버는 일이다. 그 외에는 더 이상의 현명한 지혜가 필요 없다.

이를테면 누군가가 자기를 모욕하고 있다는 소문을 듣고 화를 냈다고 하자. 그 누군가는 그 장소에 없었을 것이므로 소문의 진위를 확인할 수 없다.

설사 그 소문이 부분적으로는 사실이라고 해도 화를 낼 정도의 것인지 아닌지는 잘 생각해 보지 않으면 판단할 수 없다. 왜냐 하면 잔인할 만큼의 치욕감을 느끼게 하였으나 경솔한 나머지 잘못된 소문을 퍼뜨렸는지도 모르며, 지금은 그 일에 대해 후회하고 있는지도 모르잖는가.

어떤 경우에도 너무 서둘러서는 일을 그르치게 된다. 급하면 돌아가라는 말도 있지 않은가?

비록 화를 잘 내는 사람으로부터 다소 심한 말을 듣더라도 그 자리에서 쉽게 감정을 드러내지 말고 오히려 상대를 가엾게 생각할 일이다.

화를 자주 낸다는 것은 일종의 병이다. 하나의 병을 고치기 위해 다른 병을 주어서는 안 된다. 화가 나 있는 상태가 이미 중환자이므로 상대가 화를 낸다고 하여 자기도 화를 낸다면 또 한 사람의 환자를 더하게 되어 사태를 호전시킬 수 없다. 자신과 상대편이 똑같이 기분이 나쁘다면 두 사람의 병을 다 함께 고칠 수 없다. 그러므로 서로 좋지 않은 감정에 얽매인다는 것은 실로 어리석기 짝이 없는 삶의 낭비일 뿐이다.

그와 같은 원칙이나 이유로 해서 자신이 좋지 않은 사람으로 매도되고 욕설을 들었다 하여 보복을 하는 것은 그릇된 행위다. 그것은 오히려 불에 기름을 붓는 것과 같은 불행의 연쇄반응이다.

이럴 경우 인내심을 갖고 잠자코 있든가, 아니면 앞에서 말한 퀘커교도와 같이 온순한 말을 쓰는 것이 상대의 비난에 대한 최선의 대응 방법이다. 상대에게 스스로 잘못된 감정을 깨닫게 하여 매우 미안한 감정을 갖게 하는 것이 마음의 병을 고치기 위한 올바른 처방의 한 방법이다.

아주 사소한 미움의 감정에서 시작되어 서로 치고 받는 개인의 사사로운 다툼이 국가간의 전쟁으로 더 나아가서는 국제 분쟁으로까지 발전되는 등 모든 폭력은 인류 발전을 저해하는 어리석은 일이라는 사실을 쉽게 깨달을 수 있다.

개인이나 국가가 잘못을 저질렀다고 하여 다른 잘못을 강요나 폭력을 가지고 없앨 수 있겠는가? 오직 잘못의 수만을 불릴 따름이다.

과연 두 가지 잘못을 가지고 하나의 올바른 행동을 만들 수 있겠는가?

이미 저질러진 잘못 외에 그와 같은 정도의 다른 잘못, 또는 보다 큰 잘못을 묵인하면서 침묵으로 인내하며 이미 저질러진 한 가지만으로 위안을 받아야 하는, 두 가지 행동 중에 어느 쪽이 보다 더 이성적인 태도라고 할 수 있겠는가를 헤아려 볼 일이다.

자기의 참모습을 상대편에게 보여준다

수줍음을 잘 타는 사람 중에 악인이 없다고 하는 말은 틀림없는 것 같다. 또 이러한 인물이 내성적인 성품이 되기도 하고 경우에 따라서는 뻔뻔스럽다는 것도 잘 알려진 사실이다.

세상은 내성적인 사람을 칭찬하고 뻔뻔스러운 사람은 비난한다. 그러나 내가 생각하고 경험한 바에 의하면 어느 쪽도 별로 바람직하지 않다. 그 중간적인 인물만이 참다운 겸허의 대상자이며 칭찬 받을 수 있는 태도를 갖고 있는 사람이라고 말할 수 있다.

우리들은 현실을 그대로 받아들이지 않으면 안 되는 사회적 동물이다. 그러므로 가게의 상품을 팔려면 적절한 광고를 하거나 소비자의 시선을 끌게 진열해야 한다. 따라서 자기 자신을 세상으로부터 인정 받게 하려면 무엇보다도 신뢰에 찬 확고한 주장을 내세워야 한다. 자신의 모습을 늘 되돌아보며 거짓 없는 참모습을 보여줘야 한다.

확고한 자기 주장만을 내세우며 스스로를 선전하는 일도 겉치레의 과장된 모습을 보여줘서도 안 된다. 무엇보다도 잘난체 하는 태도를 취하는 행위는 절대 금물이다.

다른 면에서는 매우 상식이 풍부한데, 일단 이야기를 해

보면 자신의 의견을 제대로 발휘하지 못한다거나 상대의 얼굴을 똑바로 바라보지 않고 더듬거리듯 이야기하는 사람이 있다. 이는 주위 사람들로부터 비웃음을 받지 않으려고 하다가 오히려 웃음거리가 되고마는 결과를 가져올 뿐이다.

또한 훌륭한 재능이 있으면서도 남과 이야기를 할 때 상대편의 발밖에 보지 못하는 수줍은 사람이 있다. 또 상대로부터 얼굴을 돌리고 앉는다든가, 아예 등을 돌린 채 이야기를 하는 사람도 있다.

너무나 내성적이어서 많은 손해를 보는 경우의 사람도 있다. 그러므로 우리들은 원초적인 삶 그대로를 자연스럽게 받아들여 보다 즐겁게 생활하도록 노력하는 것이 건강한 삶의 지혜이다. 한편 생활을 즐기려고 하는 의지가 결핍된 사람은 불안한 나날을 보내며 자신감마저 잃는다.

너무 지나치게 분별력이 있고 세상살이에 익숙한 사람은 뻔뻔스러울 정도로 자기의 권리만을 내세우며 목적을 추구하려 든다. 그러나 그의 행동은 언제나 겸허하다. 어떤 일을 처리할 때의 태도는 주위 사람을 화나게 할 만큼 계산적이다.

그래서 현자는 다음과 같이 말하고 있다.

"세상살이에 익숙한 사람은 내성적이지 못하다. 또 자기 자신을 잘 알고 있는 사람은 결코 뻔뻔스러운 일은 하지 않는다."

남들 앞에서나 대화를 꼭 나누어야 할 장소에서 소극적인 태도를 취한다면 쓸모 없는 사람이라고 평가 받는다. 그와 같은 나약한 태도는 이 세상을 살아가는데 아무런 도움이 되지 못한다.

인간의 품성은 작은 일에서 잘 나타난다

내성적인 사람보다 더 곤란한 것은 버릇 없는 태도다. 이런 사람은 좋은 친구와의 사귐에 있어 예의를 익힌 경험이 없음을 입증하고 있다.

훌륭한 인물인데도 별난 버릇 때문에 주위 사람들로부터 경원을 받는 예가 많다. 한번 나쁜 선입견을 갖게 되면 이를 해소하기란 결코 쉽지 않다. 그런 사람이 되지 않기 위해서는 예의범절을 익히는 습관이 무엇보다도 중요하다.

생활에서 경험하는 사소한 일을 가볍게 여기는 사람이 적지 않다. 우리 인생의 태반은 그러한 작은 일로 시간이 소비되고 영위되어가고 있는 것이다. 또한 우리가 일생동안 살아가면서 그와 같은 작은 일상들로부터 피할 수 없는 존재이므로 삶이 주는 고통을 무거운 짐이라고 생각하지 말고 늘 기분 좋게 맞이하고 해결하는 태도가 바람직하지 않을까 한다.

그러므로 빈틈없는 예의범절만큼 신뢰감을 높여주고 주위 사람들로부터 인정 받는 방법은 더 이상 없을 것이다.

바른 예의범절을 몸에 익힌 사람은 매사에 냉정하거나 형식에만 치우치지 않고 남들 앞에서 잘난 체도 하지 않는다. 상대적으로 너무 내성적이어서 소극적인 태도를 취하는 일도 없다.

몸가짐과 겉보기를 혼동해 판단의 기준을 잃는 예의범절과 체면을 구별하지 못하는 사람도 적지 않다. 이와 같은 오해가 세상에는 의외로 많아 안타까운 생각까지 든다.

올바른 예의범절은 상대에 대한 존경의 마음을 표현하는 기술이다. 예의는 정직한 마음으로부터 생겨나며 좋은 친구와 사귐으로서 연마되어간다.

또한 인생 독본과 같은 도덕적 내용을 담은 책을 통해서 스승의 말씀을 배우고 익혀지는 것은 아니다. 책을 통해 삶의 지혜를 얻으려 한다면, 오히려 딱딱하고 지루한 형식적인 태도를 얻을 뿐이다.

올바른 예의범절은 습관과 모범적인 사람을 본보기로 하여 몸에 익혀지는 지혜다. 바른 마음가짐이 내면에 자리잡은 사람은 자기 자신을 내세우거나 뽐내지 않는다. 예의범절에 익숙해져 있는 사람은 행동에서 예의바름이 엿보이며 남의 눈을 의식하여 억지로 꾸미지도 않는다. 일상적인 습관처럼 예의범절도 작은 일에서부터 차츰 익숙하게 몸에 배이게 된다.

남을 끌어들이는 친화력이나 고상한 언행은 선천적인 품성으로서 인위적으로 조절할 수가 없다. 그러나 매사에 친절하고 겸허하게 상냥한 표정으로 남을 대하는 태도는 훈련을 통해 누구나 할 수가 있다.

그러므로 남과 대화를 나눌 때에는 친절한 마음으로 상대가 즐거워하는 모습을 마음 속으로 빌면서 이야기를 해야 한다. 이 정도는 작은 성의만 있다면 누구나 할 수 있는 자기 관리에 속한다.

이와 같은 마음가짐을 갖고 이야기를 나누게 되면 표현의 방법이 다소 미숙하더라도 그것을 메꿀 수가 있다. 과장된 상냥함이나 너무 익숙한 태도는 오히려 비웃음거리가 될 수 있는 요소가 있으므로 주의해야 한다.

자기를 내세우지 않고 행동하면 호감도는 몇 배로 향상된다

예의바른 태도는 남에게 호감을 갖게 하며 설득력이란 능력까지 발휘한다. 또한 예의바름은 남을 대하는 태도나 용모까지도 아름답게 보이게 한다. 물론 억지로 행하는 예의범절은 오히려 상대의 마음을 끌지 못한다.

예의범절이란 자기의 일을 다음으로 미루고 남에게 좋은 느낌을 주도록 행동하는 미덕까지 지니고 있다. 이상한 잔재주를 부리지 않고 연민의 정을 가지고 행동하며, 그것을 상대가 알지 못하게 한다.

무엇보다도 중요한 것은 자기를 중심으로 하여 행해지고 있다는 이기적인 생각을 버리고 나 자신은 커다란 기계의 일부분이며 남에게도 자기와 같은 보다 더 중요한 부품과 같은 교양을 지니고 있다는 사실을 깨달아야 한다.

그것은 이기주의나 허영, 자기 자랑과는 정반대되는 몸가짐이다. 상대의 재력이나 지위 여하를 불문하고 한결 같은 마음으로 행동해야 한다. 상대에게 경의를 보내면서 의견에 반론하는 기술은 물론 아부하지 않고 기쁘게 하는 화술까지도 익혀야 한다.

어떻게 하면 예의바른 인물이 될 수 있을까? 그에 대한 간단한 주의를 살펴보기로 하자.

첫째, 필요 이상의 이야기나 수다스러움으로 상대의 기분을 상하게 해서는 안 된다.

둘째, 반드시 상대의 얼굴을 바라보며 편안한 마음가짐으로 대화를 나눈다. 또한 상대의 이야기를 들을 때에도 똑같은 태도를 취하는 것이 바람직하다.

셋째, 상대의 이야기를 주의 깊게 들어야 한다. 남의 이야기를 듣지 않는 태도는 경박한 사람이다. 그것은 가장 바람직하지 못한 버릇없는 행동이다. 결국 상대를 모욕하는 결과가 된다. 상대편의 말을 굳이 들을 필요가 없다고 무시하는 것은 인격 모독과 같은 비열한 자세다.

넷째, 상대가 말하는 중간에 끼어들어 가로채거나 기침을 하여 이야기를 방해하지 말아야 한다. "그렇군요."라던가, "그럴까요"와 같이 상대의 이야기에 맞장구를 치는 것은 올바른 태도가 아니다. 어쩌다가 짧은 말이나 몸짓 등으로 동의를 나타내는 것으로도 충분하다. 너무 맞장구를 치게 되면 오히려 역겹게 보인다.

다섯째, 동석한 사람들은 모두 그 자리에서 스타가 되고자 하는 이상심리가 있음을 알아야 한다. 이야기를 혼자 독차지하고 무분별한 행동은 오히려 비난의 대상일 뿐이다.

여섯째, 남의 이야기를 들을 때에는 한눈을 팔아서는 안 된다. 발로 바닥을 차거나 손톱을 깨물고 있으면 성의 없는 사람으로 보인다.

일곱째, 상대가 말하고자 하는 내용을 미리 되짚어 이야기한다거나 필요 이상의 보충설명 따위는 하지 말아야 한다. 이는 매우 예의에 어긋나는 일이므로 절대로 해서는 안 되는 금기 사항이다. 상대의 이야기를 끝까지 듣고나서 불충분한 점이 있을 경우에만 정정하거나 보충해 주면 된다. 그러므로 상대의 의견을 중도에서 막는 것은 큰 실례다.

여덟째, 자기 자신이나 친구의 일에 대해서는 될 수 있는 대로 이야기를 삼가는 것이 좋은 태도이다.

아홉째, 깊이 생각하지 않고 감정적으로 어느 개인이나 집단을 비난해서는 안 된다.

열 번째, 동석하고 있는 사람 중에서 자기가 가장 학식이 있는체 행동하지 말아야 한다. 그렇다고 바보인체 할 필요도 없지만 자기의 분수를 넘지 않도록 주의해야 한다.

제4장 | 나의 인생은 나만의 빛깔이 있다

내 자신이 바라는 인생을 살아간다

평범한 일을 천직으로 바꾼다

출세를 하고자 하는 사람에게는 어떤 직장에서 일을 하든 간에 절대적으로 필요한 요건이 있다. 그것은 자기가 하는 업무에 성심 성의껏 꾸준히 노력하는 자세이다.

끈기 있게 맡은 일에 열심히 노력하고 절약한 덕분으로 어려운 처지에서 자수성가하여 노년에는 경제적인 불안이나 고생 때문에 고통 받지 않고 쾌적한 생활을 누리는 사람이 우리 주위에는 많다.

어떤 장사하는 사람의 말에 따르면 개점하고부터 매상이 없는 날이 계속되더라는 것이다. 그러던 것이 끈기있게 노력하고 매사에 절약한 덕분으로 몇 년 뒤에는 남못지 않게 재산을 모을 수 있었다고 한다.

그런가 하면, 한편으로는 성공의 기회가 많았음에도 불구하고 무슨 계획을 세우면 그것을 확실하게 밀고 나갈 용기를 갖지 못해서 오랫동안 침체된 생활을 해야만 하는 경우도 있다. 이렇듯 가난의 고통으로부터 빠져나오려는 생각조차도 갖지 못한 나약한 사람이 의외로 많음을 볼 수 있다.

항상 성실한 자세로 최선을 다한다면 먹고 살기에 어려운 직업이란 이 세상에는 없다. 어떤 직업이라도 차별없이 거기에서 행운을 얻으려면 오직 끈기 있게 꾸준히 일하는 방법 밖에 없다.

이른바 운 때문에 부를 얻는 일은 극히 드물다. 그러한 운에 의지하여 부를 얻으려고 생각하는 사람이 있다면, 그것은 감나무 아래서 떨어지는 감을 기다리며 인생을 낭비하는 어리석기 짝이 없는 일이다.

뭔가에 의해 수입이 없다면 하루하루의 생활을 꾸려갈 수조차 없다. 노력하지 않으면 틀림없이 생활이 어려워진다. 생활비를 쓰면 쓴 만큼 얻는 노력을 하지 않으면 그 동안에 저축해 놓은 것마저 바닥이 나버리게 마련이다. 그렇게 되면 가난과 싸울 능력이 준비되지 않은 젊은 날부터 생활고의 쓴 잔을 맛보아야 하는 고난의 길을 걸어가야 한다.

이 세상을 살아가면서 나와 남을 위한 쓸데없는 일이란 한 가지도 없다. 이 점에 대해 젊은이들은 잘못 생각하기 쉽다. 그런 사람은 체면이라는 것을 앞세워 직장을 얻으려 하지 않고 기회마저 놓쳐 일하고 싶어도 일할 곳을 얻지 못한다. 이것저것 가리다가 결과적으로 낙오자가 되어버리는 것이다.

이를테면 간단한 머리핀을 만드는 일은 별로 중요한 일이 아니라고 해서, 어느 누가 그 직업을 쓸데없는 일이라고 단정해 말할 수 있겠는가. 설혹 그 말이 합당하더라도 이 작은 머리핀은 많은 여성들에게 꼭 필요한 생활에 없어서는 안될 필수품이며, 항상 그 은혜를 입고 있는 것이다.

이렇듯 도움이 되는 일이라면 모두 존경할 수 있는 대상이다. 그러므로 작은 일에 종사함을 자랑으로 삼아야 한다.

우리들 한 사람 한 사람이 사회의 일원으로서 어느 정도 가치가 있는가는 자기 자신이나 동료들의 행복을 위해 어떤 일을 했는가에 따라 정해진다.

일이나 그에 대한 필요한 휴식, 인생의 기쁨을 위해, 또 자신의 인격을 닦아 삶의 향상을 꾀하기 위해 지나가는 시간을 올바르게 사용해야 한다.

사랑에서 야망으로 옮겨가는 사람은 많으나 야망에서 사랑으로 돌아오는 사람은 드물다
| 라로시푸코

자기가 직접하면 두 배의 능력을 발휘할 수 있다

'일의 마무리는 손수하라. 그렇지 못할 때 남을 시켜라.'

이 말은 옛부터 전해 오는 영국 속담인데 시대가 변천하여도 변함 없는 명언이다. 앞으로 사회에서 활동할 젊은이라면 특별한 사정이 없는 한 중요한 일은 결코 남에게 맡기지 않는다는 각오로 모든 일을 처리해 나가야 한다.

그 첫째 이유는, 자기가 노력하여 얻은 이익은 다른 누구보다도 자기 자신이 가장 신경을 쓰게 된다는 점이다.

그 둘째 이유는, 일을 맡기려는 사람의 성격을 이해하는 것만큼 어려운 일이 없다는 점이다. 자기 자신의 성격조차도 제대로 모르는 데 어찌 남의 성격을 이해할 수 있겠는가. 상대가 나쁜 일을 저지르거나 유혹에 빠져 사회적 신용을 잃는 일이 절대로 없을 것이라고 어느 누가 단언할 수 있는가. 자기 자신조차도 믿을 수 없는 처지에 남을 믿는다는건 있을 수 없는 일이다.

세 번째 이유는, 비록 대리인을 고용한다 해도 그 일에 대해 가장 잘 알고 있는 사람은 자기 자신이라는 점이다.

네 번째 이유로는, 상황에 따라 적절히 방법을 바꿈으로서 일을 추진할 수 있는 기회가 생기게 마련인데, 고용된 사람은 그러한 재량이 자기에 주어지겠는가 하고 생각하기 때문에 매사에 소극적인 태도를 취하게 된다.

이렇듯 고용된 사람은 고용주가 차지할 수 있는 이익은 뒷전으로 빼돌리게 마련이라는 고정 관념을 갖고 있다. 그래서 그들이 생각하는 것은 자신의 이익뿐이며 충성심 같은 것은 조금도 생각할 수가 없다.

그러므로 고용주의 이익을 생각하여 일에 열중하는 태도를 가질 수가 없다. 이 점에 유의하기 바란다.

잡다한 업무는 그저 쉬는 셈치고 하라

매우 중요한 이익이 얽혀 있는 업무를 1주일의 반, 어떤 경우에는 1년의 반을 고용자에게 맡겨두는 방심한 경영자가 있다. 남이 도와줘 일을 해결하고는 태연하게 자리를 지키고 있는 나약한 경영자라면 성공을 믿을 수가 없다.

일반 회사는 물론 공무원 세계에서 부하직원이 부정을 저질렀다는 즉, 독직사건이 종종 언론에 보도된다. 그러나 이런 습관이 수그러들지 않고 있는 상황이 현실이다.

경영자들 사이에는 남을 시켜 해결할 일이라면 오히려 단념하라는 말이 있다. 이 말의 뜻은 어느 정도 진실이지만 자칫 오해를 불러오기 쉬운 말이기도 하다.

누구든 차별없이 믿을 수 있는 경영자라면 무엇을 두려워하겠는가. 일할 사람은 어디에나 있으며 그에게 지불하는 품삯은 경영자 자신의 단위 시간당 노동 가치에 비하면 훨씬 낮기 때문이다.

웬만한 가구나 가전 제품을 연장 하나만을 가지고 별 무리없이 수리하거나 만드는 사람을 본다. 그러나 이것을 솜씨 좋은 기술자에게 시키면 똑같은 시간인데도 몇 배나 되는 품삯을 지불해야 한다.

그러나 앞에서 말했듯이 믿을 수 있는 사람을 쉽게 구할 수 없다. 목표한 일이 어떠한 잘못도 없이 순조롭게 이루어졌다는 안도감과 약간의 시간적 손실과는 비교가 되지 않는다.

이렇듯 자신이 할 수 있는 일을 남에게 맡기면 자기가 직접하는 것과 같지 않는 경우가 훨씬 더 많다. 사소한 잡무를 자기가 직접 했다 해서 중요한 일에 방해가 되는 경우란 별로 없다.

이를테면 잠시 다른 사람에게 자기가 사용하고 있는 간단한 도구를 손보게 한다든가, 늘 하는 면도를 이발사에게 맡긴다고 해서 1주일이나 1개월간의 일하는 양에는 변함이 없다는 뜻이다. 이와 같은 경우는 다른 일에 대해서도 마찬가지로 적용할 수 있다.

이기려면 먼저 상대를 알아야 한다

자기의 목적을 이루는데 있어서 반드시 남의 힘을 빌리려 한다면 상대의 기질이나 됨됨이 사고방식을 파악한 다음에 접근해야 한다. 그러기 위해서는 대체로 상대의 성격을 알아두는 것이 절대적으로 필요하다.

자기 스스로 판단하여 인간의 성격을 잘 알고 있다고 생각하는 것은 인지상정이다. 그러면서도 실제로는 생각하고 있는 것만큼 알고 있지 못한 것도 인간의 나약한 모습이다.

언젠가 서로 부딪친 적이 있는 상대에게는 어쩔 수 없는 경우가 아니라면 굳이 우호적인 태도를 취할 필요는 없다. 가장 좋은 해결 방법은 완전히 잊어버리는 일이다.

인간은 십인십색이므로 그 나름대로 쓸모가 있다

자기가 이루고자 하는 목적에 희생적으로 동참해 줄 것을 부탁할 정도의 상대라면 적어도 구두쇠 같은 옹졸함과 편협한 성품을 지닌 인물이어서는 안 된다. 그에 비해 무슨 일이든지 맡은 일에 소임을 다 하고 희생할 줄 아는 사람이라면 부탁하기에 가장 적합한 상대임에 틀림없다.

그런 사람이라면 재산 싸움도 곧잘 중재해 주는 현명함을 갖고 있을 것이며, 사소한 일도 참을성 있게 살펴보는 세심한 성격의 소유자임이 분명하다.

이와 반대로 맹목적일 만큼 큰 것만 바라는 사람은 사소한 일을 소홀히 한 탓으로 바로 눈앞에 있는 성공을 놓쳐버리는 실수를 저지르기 쉽다.

성질이 급한 사람은 사소한 일에도 곧잘 모욕감을 느껴 필요 이상으로 화를 낸다. 하지만 한편으로는 그런 사실을 금방 잊어버리고 화해하기 위해 무슨 일에나 기꺼이 응한다. 그러므로 복수할 기회를 노려 몇 년 동안이나 벼르는 사람에 비하면 성질이 급한 사람은 그 자리에서 화를 내지만, 그다지 위험한 상대는 아니다.

냉정하고 차분한 성격에 나이가 지긋한 사람이라면 대개

의 경우 상담 상대로는 최적의 인물이다. 그러나 일을 신속하게 빨리 처리하기 위해서는 젊고 열의 있는 적극적인 인물을 기용할 일이다.

이렇다 할 특징이 없는 사람이 있는데, 그 사람의 이모저모를 살펴보면 전에 있던 근무처의 분위기에 젖어 있음을 알 수 있다. 따라서 그런 사람의 조언이나 협력은 아무런 도움이 되지 못한다.

욕심으로 가득 찬 사람을 상대로 해서 뭔가 좋은 것을 얻고자 한다면 그건 무리다. 탐욕을 앞세워 날뛰는 자는 대개 비열한 인간이다.

한편 돈 버는 데만 재주가 뛰어난 사람은 그 외의 일은 아무것도 하지 못한다. 왜냐 하면 무일푼으로 시작하여 오로지 재물을 쌓는데 여념이 없는 사람은 매사에 너무 바빠서 정신적 향상을 누릴 여유가 없다. 그러므로 재산 이외에 다른 것을 생각할 마음의 여백을 갖고 있지 못하다.

자기 자랑만을 일삼는 사람이 있다면 무슨 일이나 항상 경계심을 갖고 대해야 한다. 그는 선천적으로 원인을 알 수 없는 질병을 앓고 있는 환자와 같아서 할 일을 잊고 하루하루를 무사안일하게 보내며, 사실 무근한 언행 속에 자기 도취에 빠진다.

웬만큼 세상의 이치를 알고 있는 비교적 이해심이 많은 사람과 교제해 보면 진실한 우정이나 명예, 약속, 정의감 등 어떤 것이든 결과를 기대할 수 없다.

자기 자랑만을 일삼는 사람에게 속마음을 털어놓으면 그의 경솔함으로 당장 그것을 외부에 누설시켜 버린다.

또 한편 너무 온순한 사람에게 일을 맡기는 것도 적당치 않다. 그런 사람은 신중한체 하면서도 쉽게 업무를 중도에서 포기해 버린다.

반대로 말이 많은 사람은 쓸데없는 이유만 내세우다가 결국 실패하여 여러 가지로 어려움을 겪게 된다.

또 다른 얼굴을 꿰뚫어보라

그 사람의 행동을 지배하는 동기가 무엇인가를 알면 상대의 성격을 파악할 수 있는 계기가 된다. 그로 하여 상대가 뛰어난 재주꾼이나 바보가 아닌 이상 이런 경우에는 어떤 행동을 할 것인가를 미리 예측할 수 있다. 때로 재주꾼이나 바보는 모두 엉뚱한 행동을 하므로 예측하기 어려운 경우가 있다.

개개인의 성격에도 상호관계가 있으므로 그 특성을 연구해 두면 사업적이나 인간관계를 이루어 나가는데 많은 도움이 될 것이다. 이를테면 일반적으로 경솔하고 성질이 급한 사람은 솔직하고 격의 없는 성격을 갖고 있다.

늘 남의 약점을 이용하거나 약한 사람을 상대로 괴롭히는 자는 대개 비겁한 성격의 소유자다. 그러므로 운 나쁘게 그런 사람을 상대해야 하는 경우, 처음부터 대담한 태도로 단호하게 대처하는 것이 최선의 방법이다. 조금이라도 복종하는 듯한 태도를 보이면 상대는 그것을 미끼로 이쪽을 더욱 괴롭히려든다.

다음에 말하는 6가지 타입으로부터는 그다지 호의적인 태도를 기대할 수 없다.

도량이 좁고 토라지기 쉬운 감정을 지니고 있는 사람은 대개 자기 자신만을 생각하는 이기적 성격의 소유자이다. 다음은 게으른 자, 그는 남을 위하는 것을 본성적으로 싫어하며 절대로 동정하거나 은혜를 베풀지 않는 독단적인 성품을 지니고 있다. 또 항상 바쁘기만한 사람도 상대를 생각해 볼 시간의 여유가 없다.

그리고 돈이 많은 사람은 무슨 일을 남에게 부탁할 경우일지라도 상대를 업신여기는 우월감에 사로잡혀 있다. 반대로 너무 가난한 사람은 재능이 모자라는 경우가 많으며, 호인은 남의 조력을 받더라도 그것을 고맙게 여기지 않는다.

하지만 다른 일반적인 법칙과 같이 여기에도 예외는 있다. 이를테면 늘 바쁘지만 남을 돕고 싶다는 마음가짐 때문에 훌륭한 인물이 된 경우도 많다. 이런 사람은 자기 일에 바쁜 시간을 보내면서 오히려 이것저것 착한 자선사업을 하고 있다.

비교적 규모를 갖춘 공공사업을 추진하는데 있어 시간적, 금전적 원조를 구했을 경우, 사업에 너무 바빠서 작은 도움밖에 기대하지 못했던 인물로부터 의외로 큰 원조를 받았다는 말을 종종 듣는다.

흔히 사업가들은 충분한 여가를 즐기고 있다고 믿고 있다. 물론 경우에 따라서 사실일 수도 있다. 하지만 그들은 여가 시간에도 빈틈없는 사업계획을 세우고 있는 것이다. 또 많은 재력을 갖고 있는 사람들 중에는 의외의 타입이 있다. 그것은 막대한 재산을 갖고 있으면서도 명리(명예와 이익)를 쫓는 마음이 없다는 점이다.

앞에서 말한 돈이 많은 사람의 예는 이런 사람과는 달리 무엇이나 닥치는 대로 소유하고, 한 번 손에 넣은 것은 절대로 내놓지 않는 독식형의 인간을 말한다.

이런 인간에게 참다운 정신적 기쁨을 권한다는 것은 낙타를 바늘귀에 밀어넣는 것보다 더 어렵다.

나이에 알맞은 장점을 발견한다

인간의 성격에 관해서는 상대의 나이도 생각해 보아야 한다.

젊은이들은 새로운 계획이라든가 자기의 기호에 맞으면 그것이 어떤 것이든 간에 쉽게 빠져보는 경향이 강하다. 그러면서도 다음에 만난 사람의 영향을 받아 그 계획을 쉽게 포기하기도 한다.

젊은이들은 단순하게 생각한 나머지 경솔해지기 쉬으므로 상담 상대로 맞지 않지만 행동적인 일에는 적합하다. 그러므로 목표로 세운 계획을 쉽게 포기해서는 안 된다는 자각을 심어준 다음에 일을 시키면 된다.

노인들은 움직임이 둔한 반면 확실성이 있다. 오히려 너무 세심한 나머지 새로운 계획이나 생활 양식에는 저항을 보인다. 즉 보수적이며 욕심이 강하다. 따라서 행동적인 일을 맡기는 것보다는 상담역이 알맞다.

노인들은 달콤한 말이나 장황한 이론에는 쉽게 넘어가지 않는다. 오랫동안 간직해 온 생각이나 습관 형식을 고집한다. 특히 젊은이들이 겉보기로 의견을 구하는체 하는 형식적인 것을 불쾌하게 여긴다. 노인들은 남들로부터 존경 받고 자기들의 의견을 들어주기를 바라며 신중한 태도를 몹시 좋아한다.

젊은이들은 화가 났을 때 말이 앞서고 가슴 속의 생각은 그 다음이다. 그러나 노인들의 경우는 그 반대다. 젊은이들끼리라면 비교적 쉽게 화해할 수 있지만 노인들은 일반적으로 상대를 용서하는데 비교적 많은 시간이 걸린다.

일을 함께 할 수 있는 상대로서 알맞은 사람은 이치에 맞는 도덕심을 바탕으로 하여 냉정한 성품의 소유자로서 언제나 남을 도와주려고 하는 친절한 태도를 가진 사람이다.

여기에 많은 경험과 세상에 대한 해박한 지식을 갖추고 오랜 동안에 걸쳐 신망을 얻고 생활이 안정된 사람이면 더 말할 나위가 없을 것이다.

자기가 어떤 평가를 받고 있는가에 관심을 가져라

주위 사람들이 어떻게 생각하던 내 알 바가 아니라고 태연하게 말하는 젊은이가 있다면, 이는 곧 패가망신의 근원이 된다. 자기가 남으로부터 어떤 평가를 받는가에 대해 전혀 관심이 없다는 것은 결코 성품이 똑똑하고 관대하다고 할 수 없다.

세상의 평판에 알맞은 경의를 표하는 것과 그것을 행동 기준으로 삼는다는 것은 전혀 뜻이 다르다.

남의 의견에 따라 자신의 행복이 좌우된다는 것 만큼 어리석은 경우도 없다. 한 인간의 성격을 파악한다는 것은 매우 어려운 일로서 편견에 의해 좋은 면이나 나쁜 면 모두에 오해가 생기게 마련이다. 따라서 자기의 양심이 찔리는 일을 했을 경우라 할지라도 남들이 좋다고 평가해 주어도 본인은 별로 위안이 되지 못한다.

그러나 반대로 올바른 목적을 갖고 행동했다고 확신할 수 있는 경우라면 비록 세상으로부터 거센 비난을 받는다 해도 거기에 얽매이지 않는다.

역시 인간이란 바람 속의 갈대처럼 오늘 쌓았던 공적을 내일 흔적도 없이 잃어버리기도 한다. 그러나 언제 어디서나 어떤 상황에 놓여 있든 간에 많은 사람들을 위해 도움이 되는 일을 하려는 뜻을 갖고 있는 사람이라면 일할 곳이 없어 고생하는 일은 결코 없다.

현명한 사람은 남으로부터 비난을 받게 되면 그 평판이 맞는지 어떤지를 지혜롭게 생각해 본다. 만약 남의 말이 맞는다면 기꺼이 자신의 결점을 고쳐야 한다.

친구라고 하는 이름뿐인 사람은 꼭 알아두어야 할 중요한 점을 가르쳐 주지 않는 경우가 의외로 많음을 염두에 두어야 한다. 또 한편 상대가 적대관계에 있는 사이라면 악의나 질투심에서 그런 점을 꼬집어 약점으로 삼는다.

그러므로 우리들은 비판해준 것에 대해 감사하고 지적해준 것을 기꺼이 받아들여야 한다.

제5장 | 지적 수양의 조건

자신의 생각을 중요하게 여긴다

처세를 위한 자기 관찰을 단련한다

'눈을 똑바로 뜨고 깊이 생각한다는 것은 표면에 모습을 나타내지 않고 아무런 사고없이 세상을 살 수 있는 비결이다.'

이 말은 너무 이기적인 느낌이 든다.

이 격언의 뜻은 상대로부터 배울 수 있는 것은 무엇이나 배우고 얻지만, 상대에게는 자기의 것을 주지 않는다는 뜻이 포함되어 있다.

그렇다면 세상의 모든 사람들이 이 격언대로 따른다면 어떻게 되겠는가? 오해를 받기 싫어서 또는 바보 취급을 받을까 두려워서 자기가 생각하는 것을 겉으로 나타내지 않고 숨겨둔다면 어떻게 되겠는가?

대화의 기쁨은 말할 것도 없고, 세상은 삭막해져 버릴 것이다. 대화를 통해 얻는 즐거움보다 나은 시간이 이 세상 어디에 있단 말인가.

말수가 적다는 것은 대체로 지혜 있는 사람을 일컫는다. 한편 그런 태도는 일에 대해 생각하지 않는다는 증거가 아닌지 살펴볼 일이다.

어떤 의사는 책을 통해 얻은 지식이든 스스로 생각해 낸

것이든 사람은 머리 속에서 연상작용을 일으키게 마련이다. 결국 그것은 행동이나 말로 표현하여 해방시키지 않으면 안 된다.라고 역설하고 있다.

눈을 뜬다는 것은 현명한 조언이다. 눈을 뜨고 사물을 보면서도, 또 한편으로는 마음의 눈이 감겨져 있는 사람이 우리 주위에는 의외로 많다. 그야말로 보고도 못 보는 눈뜬 장님인 것이다.

이러한 사람이 나이가 들어 세상을 눈뜬 장님처럼 불분명하게 바라보는 모습을 삶의 축적에서 얻은 중용이라고 주장한다면, 어느 누가 인정해 주겠는가.

그러나 뭔가를 배우려고 열심히 사물을 관찰하고 지혜를 얻으려고 노력하는 사람은 적당히 세상의 흐름에 자기 자신을 맡겨 10년간에 걸친 경험으로 얻은 것보다 더 많은 것을 1년 동안의 짧은 기간에 삶의 지혜를 터득할 수 있다.

그러니까 30세인 사람이 90세인 노인보다 더 현명하게 사물을 바라볼 수 있다는 말이다.

의식의 그물을 멀리 쳐두면 뭔가 걸린다

행복한 삶을 영위하려면 건전하고 실용적인 지혜를 빨리 터득하여 경험을 쌓는 수밖에 없다. 하지만 이 세상에는 남달리 많은 지혜를 지니고 있는 연장자이면서도 오히려 세상 일을 잘 모르는 사람들이 수두룩하다. 이는 나이를 먹은 탓이다.

이런 치매성 노년을 맞이하지 않기 위해서는 젊었을 때부터 자기 주변의 모든 일을 잘 관찰하고 관리해야 한다. 때로는 학교나 자기 집 공부방에서 방심 상태로 헛된 시간을 낭비할 때도 있을 것이다. 하지만 항상 눈을 똑똑히 뜨고 세상을 살아가지 않으면 안 된다.

학문이 높다고 생각되는 사람 중에 오히려 생활면에서는 장님이 되어 있는 사람이 있다. 왜 그렇게 되는가의 이유는 간단하며, 그것은 그 사람의 눈이 책이나 학교 생활에만 고정되어 있어 그 외의 것에 대해서는 전혀 무관심하기 때문이다.

어떤 대학 교수는 자신의 학문을 현실 사회에 잘 적응시켜 주위 사람들로부터 덕망이 높았다. 그의 오랜 생활 습관은 산책을 즐기면서 명상하고 교수로서의 안목으로 사물을 관찰하고 인생을 혜안의 눈으로 바라보고 있었다. 그래서 학생들은 그 교수에 대해 평가하기를 눈에 띄지 않고 하늘 높이 날아오를 수 있는 새는 없다고 말할 만큼 인기가 높았다. 삶의 지혜를 터득하는 습관을 익혀 주려고 교수는 학생들에게도 관찰을 통해 많은 노력을 기울였다.

어느 날 학생들과 함께 버스를 탄 교수는 제자들이 주위의 풍경에 관심이 없는 것 같아 그 무관심을 호되게 탓했다.

"이봐 제군들! 똑똑히 눈을 뜨고 세상을 보라구!"

이 가르침은 학생들에게 깊은 감명을 주었다. 그로부터 학생들은 현실적으로나 실리적인 면에서 남못지 않은 능력을 익히게 되었다.

"내 인생의 대부분은 그때 스승의 가르침에 의해 형성되었다."

훗날 당시의 학생이었던 어떤 유명인은 술회하고 있다.

교수의 가르침이 비록 짧은 한 마디였지만, 결코 헛되지 않았던 것이다.

감춰진 지식은 아무 소용이 없다

모든 일을 수박 겉핥기식으로 하지 말라고 충고하지만, 그것을 믿고 그대로 실행에 옮긴다면 오히려 일이 막히고 본래의 목적과는 달라지게 된다.

모든 것에 일일이 눈을 돌리기만 하면 된다는 뜻이 아니다. 관찰해 본 대상이 깊게 인상에 남지 않으면 안 된다. 기억에 남지 않는 것이라면 차라리 보지 않은 편만 못하다. 그런 불분명한 태도는 결과적으로 보고도 보지 못한 나태한 습관에 젖어들어 판단력을 잃게 된다.

물론 뜻을 달리 하는 사람들도 있다. 작은 마을에서 진료를 하는 어떤 외과의사는 여행 중에도 독서하는 걸로 유명하다. 그를 존경하는 마을 사람은 차를 탈 때도 책을 손에서 놓는 법이 없고, 혹시 읽지 않더라도 늘 책은 그의 옆자리에 놓여있을 정도라고 말한다.

하지만, 그러한 평판은 오래 가지 못하는 것이 보통이다. 왜냐 하면 차 안에서 본의 아니게 책을 읽을 수 없는 긴박한 경우도 있을 것이며, 무엇보다도 분위기가 허락지 않는 때도 있을 것이다. 그러므로 자연이라고 하는 위대한 교과서로부터 배우는 것이 훨씬 더 많은 교훈을 얻을 수 있다.

고대 로마의 명성 높은 저술가 프리니어스 보자는 지식의 풍부함으로 주위 사람들로부터 많은 존경과 찬사를 받았다. 그의 아버지는 여행할 때도 늘 책과 간이책상까지 가지고 다닐 정도라고 하며, 아들은 마차를 탈 때나 길을 걸을 때, 앉아 있을 때도 항상 책을 읽고 있었다는 것이다.

과연 그것만으로 존경의 대상이 될 수 있을까? 이들 두 사람은 책을 집필하고 철학적 지식은 풍부했을지는 모르지만, 주위에 있는 사물에 눈을 돌리는 편이 훨씬 많은 실용적인 지혜를 익힐 수 있다는 사실을 몰랐던 것이다.

이들에 대해서는 또 다른 일화가 전해지고 있다. 그것은 그들이 식사할 때도 누군가로 하여금 책을 낭독하도록 했다는 사실이다. 이것도 찬성할 수가 없는 방법이다. 이 점에 대해서는 이미 앞에서 설명한 바가 있다.

대화라고 하는 정보망을 최대한 살려라

꿀벌은 어떤 꽃이라도 발견하면 쉴새없이 날아간다. 그런 다음 거기서 본능적으로 꿀을 따는 기술을 습득하며 생존의 법칙을 익힌다.

하지만 우리 인간은 자기 나름대로 생각을 갖고 어떤 환경에 처해 있더라도 대화를 통해서 정신적으로 성장하게 된다. 벌이 꿀을 빨아들이듯이 인간 역시 상대로부터 좋은 것만을 흡수하고 나쁜 것이나 무익한 것은 받아들이지 않는 능력을 익히고 있다면 이보다 더 바람직한 일은 없을 것이다.

알고 있으면 분명히 도움이 되는 것 중에 대화라는 확고한 방법이 있다. 이 방법을 현명하게 활용하면 자기 주위에 있는 사람들과의 대화에서 비록 그것이 아무리 평범한 내용일지라도 가치 있는 지식을 끌어낼 수 있다.

또 다른 화제를 끌어낸다고 하는 직접적인 방법이나 참을성 있게 상대의 마음을 성장시켜 주는 간접적인 방법에 의해 화제를 바꿀 수 있는 지혜를 터득할 수 있는 것이 바로 대화이다.

엉터리 박사도 귀중한 정보원이다

모든 사람은 남보다 뛰어난 점을 한 가지씩 가지고 있다. 아무리 무식한 사람이라도 무엇인가 한두 가지는 다른 사람보다 잘 알고 있는 분야를 가지고 있게 마련이다.

어떤 사람은 농업에 대해서는 남보다 몇 배나 더 알고있고, 또 어떤 사람은 원예에 대해서, 그리고 사업이나 장사에 대해서 만큼은 남보다 뛰어난 재능을 지니고 있다.

그러므로 남과 이야기를 할 때는 반드시 상대가 어떤 점에 대해 잘 알고 있는가를 알아낸 다음, 그 내용을 화제로 삼으면 된다. 이는 그다지 어려운 일이 아니다. 상대에게 이야기의 주도권을 갖지 않고 귀를 기울여준다면 누구나 자기가 잘 아는 내용을 먼저 이야기하려 든다.

특별한 예외를 제외하고 좌담 자리에서는 모두가 주역이 되려고 한다. 그러니까 대화를 통해서 자기를 최대한 내세워 많은 정보를 얻으려고 한다면 상대가 이야기하는 내용을 인내심을 갖고 끝까지 들어야 한다.

그렇게 하면 만나는 모든 사람들로부터 가치 있는 훌륭한 경험의 단편을 쉽게 얻을 수 있어 장차 삶의 현장에서 유용하게 활용할 수 있는 지혜를 습득하는데 도움이 된다.

이는 남을 함정에 빠뜨리는 것과는 다르다. 좌담의 주역으로서 잠깐 동안 누군가를 인정해 주려는 것은 아니다. 다만 그 자리에 있는 다른 사람들에게 도움이 되도록 돕고 있는 것에 지나지 않는다.

흔히 대화에 참여한 사람들 사이에서 자기가 대화의 주역이 되었음에도 남들이 자신의 말에 귀를 기울이지 않거나 관심을 가지고 있다고 해도 이해를 하지 못한다면 아무런 도움도 되지 않는다. 하지만 그런 상황에서도 이야기하는 사람으로부터 뭔가를 찾아내려는 사람이 있을지도 모른다.

그런데 자기가 잘 아는 특정한 내용에 대하여 이야기하기를 꺼린다면 이기주의자라는 비난을 받을 오해가 따를 수도 있다.

대화에서 무엇보다도 중요한 태도는 남이 하는 말을 끝까지 진지하게 들어야 한다는 점이다. 그렇게 하면 상대들보다 더 많은 것을 이해하게 되어 좋은 답을 얻어낼 수 있다. 좀더 기회를 만들어 주면 상대는 이쪽에서 미처 몰랐던 것까지 이야기해 줄 것이며 전혀, 기대하지 않았던 것까지 얻을 수 있을지도 모른다.

과장하지 않으며 자기를 내세우지 않는다

한편 대화를 나누어도 전혀 얻을 바 없는 상대도 있게 마련이다. 야비하고 지저분한 말이나 외설적인 말이 바로 그것이다. 그런 대화를 따돌리며 상대로부터 뭔가 도움이 될 내용을 듣는다는 것은 기대할 수 없으며, 그저 지저분한 말이라도 인내하며 들을 수밖에 없다. 무엇보다도 그런 사람과 사귀고 있으면 오히려 자신의 좋은 평판까지 떨어뜨릴 위험성이 있다.

그 사람을 평가하려면 주위의 친구를 보라는 말이 있듯이 말씨가 지저분하고 야비하거나 몸가짐이 좋지 않은 사람과 사귀는 것을 삼가고 거짓말을 잘하는 사람과도 사귀지 말아야 한다.

남들 앞에서 이야기할 때는 상대를 먼저 말하게 하는 것이 바람직하며 현명한 태도다. 그렇게 하면 남들도 기분 좋게 자기가 하는 말을 정중히 들어줄 것이며, 한편 자기가 말할 요령을 미리 준비할 수 있는 여유를 얻는다.

'두 번 생각하고나서 말하라'는 속담도 있지 않은가. 자기가 말하고자 하는 내용은 될 수 있는 대로 말수를 적게 하여 간단 명료하게 해야 한다. 특히 잘 모르는 사람이나 자기보다 경험이 훨씬 많은 사람 앞에서는 그런 태도를 취하는 것이 상대방에게 좋은 인상을 준다. 그리고 무엇보다도 중요한 조건은 거짓 없는 참된 것만을 엄밀히 가려서 말하는 태도이다.

사소한 감정에 흔들려 흥분하거나 정도에서 벗어나서는 안 된다. 그리고 결코 자기 자랑을 하지 말아야 한다. 비록 정당한 이론이 있더라도 그것만을 내세우는 태도는 취하지 않는 것이 더 설득력이 있다.

자기의 주장을 너무 과장하거나 내세우면 오히려 상대를 잘못된 생각으로 이끌어가게 된다. 그렇지 않으면 상대로부터 경원 받는 결과를 가져온다.

끝까지 배운다는 자세로 자기 자신을 지켜 나간다

이 책에서는 학교 교육이나 유명한 책에 대해서는 별로 다루지 않으므로 독자들은 의외라고 생각할지 모른다. 거기에는 그럴만한 이유가 있다.

일반적으로 인격 형성의 수단으로서 관습에 빠진 교육이나 지나치게 독서에 의지하려는 경향이 있으므로 이에 저항하고 싶은 작은 의도에서이다.

또 책이나 교재를 고르는 것을 본인보다도 부모나 교사가 하는 경우가 더 많다. 그들이 정신적인 향상심을 바탕으로 하여 선택하려 하지 않는다면, 필자가 어떤 조언을 해도 별 도움이 되지 않을 것이다.

그러나 누구든 또 나이가 얼마가 되든 세상에 도움이 되는 인간, 꼭 필요로 하는 인간이 되기 위해 정신적, 육체적으로 좋은 습관을 갖도록 노력하는 일을 포기해서는 안 된다. 끝까지 배운다는 자세로 자기 자신을 지킬 때 비로소 인격 수양이 이루어진다.

한 걸음 한 걸음 관심의 틀을 넓혀간다

책이라고 하면 그 말만 들어도 골치부터 아프다는 사람을 어떻게 바른 길로 이끌어줄 수 있을까. 어느 정도 책을 싫어하는 성품이라면 다소는 고칠 수 있다. 당장은 어렵지만 서서히 고쳐갈 수 있다. 그러나 거의 절망적으로 싫어하는 상태라면 억지로 읽히거나 공부하라고 해도 그것은 무리다.

처음부터 싫어하는 것을 억지로 권해 봤자 결실을 바랄 수 없다. 하지만 그보다도 더 효과적인 방법이 있다. 그 요령을 소개해 보기로 한다.

책 기피증이 있는 본인을 확실하고 명망 있는 교양강좌나 토론회에 참가시켜 본다. 젊은이들은 대개 교양강좌나 세미나 등에 참가하기를 좋아한다. 또 그러한 붐을 타고 이곳저곳에서 ○○강좌 ××교실이라는 모임이 많이 생겨나고 있다.

처음으로 그런 모임에 참가하여 단 한마디라도 발언해 보는 기회를 가진다면, 어느 정도의 자신감과 기대감을 얻게 될 것이다.

아주 사소한 일에 흥미를 느끼기 시작하면 필연적으로

그에 대한 지식을 얻고자 하는 것이 인간의 본성이다. 그것도 남의 말을 듣기만 하지 않고 스스로 신문을 읽고 알고자 하는 의욕이 생긴다. 그래서 좋은 신문을 골라서 읽고 있으면 다음에는 여행에 관한 책을 찾게 된다. 마침내는 역사책도 즐기게 되어 전문 서적을 찾는다.

이렇게 해서 한 걸음 한 걸음 관심을 넓혀가면 여러 종류의 책을 읽는 것이 즐거움이 되어 삶의 지혜를 터득하게 되는 것이다.

다만, 한 가지 주의할 점은 한꺼번에 너무 많은 분량의 책을 읽으면 효과를 기대하기 어렵다. 책을 읽다가 싫증이 나면 잠시 멈추도록 한다. 그러다가 다시 읽을 마음의 준비나 기회가 주어지면 그 다음을 읽는 것이 전보다 더 재미있는 즐거움을 느낄 수 있다.

이 같은 방법을 충실하고 끈기있게 해 나가면 성공의 길에 다다를 것이다. 이에 대해 필자는 많은 경험을 통해 실패했다는 예를 듣지 못했다. 중요한 것은 오직 이 방법의 중요성을 확신하고 있다는 점이다.

당연한 일이지만 무슨 일이나 즐겁게 시작하고 끊임없이 노력하지 않으면 성공을 바랄 수 없다.

늦었다고 한탄하기 전에 우선 도전해 보라

지적 향상이 중요하다는 점에 대해 의심을 갖는 사람은 극히 소수일 것이다.

그럼에도 불구하고 지적 향상을 방해하는 장애물이 한 가지가 있다. 그것은 일반사회의 기성 관념 속에서 오랫동안 길들여져온 것으로 이를 없애려면 상당한 노력이 필요하다.

그 장애물이란 지적 성장은 어느 연령에 이르면 멈추게 된다는 생각이다. 일반적으로 그 나이는 18세에서 20세라고 한다. 20세가 지나면 이미 늦다는 말도 들린다. 평균적으로 20세가 넘으면 별로 새로운 능력의 개발을 바랄 수 없다는 것이 일반적인 학설이다.

만약 20세가 넘어서 뭔가 배우려고 한다면 상당한 노력과 몇 배로 공부하지 않으면 안 된다는 것이 상식으로 되어 있다.

청년 시절의 가치를 가볍게 보고 시간을 낭비하는 삶을 바람직하다고 정의를 내리는데 대해서 필자로서는 많은 의심을 갖지 않을 수 없다.

청년 시절은 인생의 정오와 같은 시기로서 일각 일각을

슬기롭게 보내게 되면 농부가 적절한 계절에 좋은 씨앗을 뿌린 결과로 훌륭한 열매를 얻는 것과 같다.

일반적으로 의무교육은 젊은이들을 위한 준비과정에 지나지 않는다. 즉 지식의 문을 열 수 있는 열쇠와 같은 것이다. 보물상자의 열쇠를 갖고도 열어보지 않는 사람이 이 세상 어디에 있겠는가. 그런데 겨우 교육을 시작할 준비 단계를 오히려 끝난 때라고 말하는걸 보면 아무리 생각해도 이상하기만 하다.

나이가 20세이든 30세이든 좋다. 자기가 세상에 대한 깨달음이 모자란다는 것을 알았다면, 그 책임이 자기 자신에게 있든 남에게 있든 나이가 지적 성장에 장해물이 된다고 생각해서는 안 된다. 무엇보다도 배움에 삶의 의미를 갖는 것이라면 앞에서 말한 방법을 꼭 실행해 보기 바란다. 그것도 작심삼일이 아니라 오랜 동안에 걸쳐 인내를 갖고 꾸준히 실행해야 한다는 사실을 잊어서는 안 된다.

로마는 하루 아침에 이루어진 나라가 아니라고 말하지 않는가. 현대적인 지성을 몇 주일, 몇 달 동안에 익히려는 사람은 자기가 얼마나 무리한 생각을 갖고 있다는 사실조차도 모르고 있다. 이것이 바로 지적 향상을 방해하는 함정이다.

나이가 들어서 배우기 시작하여 그것도 오직 책만 의지해서 독학으로 성공한 사람은 이루 헤아릴 수 없이 많다. 때로는 40대에 늦깎이로 배우기 시작하여 온갖 각고 끝에 성공한 사람도 있다. 그러므로 인간의 지능은 오랫동안에 걸쳐서 성장해 간다는 사실을 증명해 주고 있는 것이다.

너무 나이가 들어 익힌 지식은 쉽게 잊혀진다고 말하는 사람도 있다. 그런데 지금 당장 쓰이지 않는 지식이라면 이 말의 뜻이 옳다. 하지만 실용적인 성격을 띤 지식은 반드시 오래오래 기억되는 것이 일반적인 통념이다.

미국의 교육자이며 과학자인 프랭크린은 평생 동안 책을 놓지 않았다. 독서를 통해 얻은 지식을 절대로 잊은 적이 없었다고 한다. 그에게는 그와 같은 지식이 실제로 필요했기 때문이었을 것이다.

지식의 필요성이 중요하다는 것은 앞에서 이미 말한 바 있는데, 그보다 더 중요한 것은 자기 자신의 무지를 깨닫는 일이다. 자신의 정신이 병들어 있다는 사실을 알게 되면 이미 반은 회복된 셈이다.

자기 자신의 무분별함을 깨달았다면 지식에 한 걸음 가까워졌다는 것을 뜻한다. 그리고 다른 조건이 비슷하다면 지적인 진보는 공부의 필요성을 어느 만큼 느끼고 있는가에 따라 결정된다.

 낮이 얼마나 아름다운지는 밤이 되어야 알 수 있다. 마찬가지로 죽기 전까지는 인생을 평가할 수 없다 | 카알 힐티

시간을 만드는 천재들

게으른 자가 입버릇처럼 말하는 변명은 한결같이 공부할 시간이 없다는 것이다. 많은 젊은이들은 자신의 무지를 다소나마 느끼고 있으며, 그에 따른 지식욕도 얼마쯤은 가지고 있다. 그런데 안타까운 일은 독서를 하거나 사색할 시간이 없다고 스스로 믿고 있다는 점이다.

이러한 자기 변명에 만족한체 죽을 때까지 나태와 무지, 악덕에 의해 희생이 된다. 얼마만큼 지식을 갖고 있다면 이 같은 악덕에 빠져들지는 않을 것이다. 그러므로 자기가 무엇을 해야 할 것인가를 미리 계획해 두어야 한다.

영국의 알프렛 왕은 신하들 보다 더 많은 일을 하면서도 공부할 시간을 찾아내 군주로서의 지적 수양 쌓기에 노력하였으며, 미국의 사회학자이며 교육가였던 프랭크린 역시 바쁠 때도 시간을 내서 철학공부에 몰두하여 인적미답의 과학세계에의 길을 찾아 냈다.

프르드리히 대왕은 제국을 다스리고 한편으로는 끊임없이 전쟁을 계속하면서도 시간을 활용한 나머지 철학에 심취하여 지적인 기쁨을 맛보았다고 한다. 또한 나폴레옹 역시도 나라를 지배하며 최측근에서 자신의 왕위를 옹호하는 자들만을 거느리고 그들의 운명을 자기 맘대로 좌우하면서도 틈을 내어 책을 읽으면서 유명한 학자들과 대화를 즐겼다고 한다.

시저는 로마인들의 마음을 사로잡은 뒤 멀리 떨어져 있는 점령지 왕국으로부터 찾아오는 많은 하객들을 맞이하면서 틈틈이 지적 수양을 쌓기 위한 시간을 독서로 할애하였다고 한다.

눈코 뜰새없이 바쁜 일상생활 가운데서도 지적 수양을 쌓기 위해 많은 노력을 기울인 훌륭한 인물의 예는 이외에도 얼마든지 있다. 이 글을 쓰고 있는 나 자신도 그와 같은 경험을 갖고 있다.

어느 해던가, 나는 거의 쉴날도 없이 업무에 쫓기며 찜통 같은 한여름을 보낸 일이 있다. 평생 그때처럼 인간적으로 크게 성장한 시기는 없었다고 기억된다. 그 가운데서 독서는 별로 많이 하지 못했지만 읽은 내용만큼은 제대로 이해하여 내 것으로 하는데 세심한 배려를 했다. 인류 고대사에 대한 학문적 지식은 거의 그 해 여름에 익힌 셈이다.

물론 이러한 짧은 시간에 전문적인 지식을 얻기란 어렵다. 하지만 대체적으로 느낌을 파악하여 주요한 내용을 정리하여 습득할 수는 있다.

필자에게는 이렇게 하는 편이 한결 효능이 있다고 입증되어 그 후에도 계속 이와 같은 방법으로 독서의 가치와 학문적인 소득을 얻고 있는 것이다.

나쁜 조건도 이겨 나갈 의욕을 갖자

농업이나 자유업에 종사하는 사람에 비해 샐러리맨은 여가 시간을 마련하여 활용한다는 것은 어려운 일이다.

농업에 종사하는 사람은 다른 직업에 종사하는 사람보다 어느 면에서는 확실히 혜택 받은 입장에 있다고 말해도 크게 틀리지 않는다.

그러나 다른 사람들도 마음만 먹으면 바쁜 일상생활 속에서도 약간의 시간을 지적 향상을 위해 할애할 수 있다. 앞에서 필자의 체험을 말한 바 있는데, 그때의 나만큼 여가 시간이 없는 사람도 그리 많지는 않을 것이라고 자부하기 때문이다.

많은 일을 하면서 공부할 시간이 없는데도 빨리 지식을 익힐 수 있는 비결은 무엇일까? 그것은 남달리 지적 욕구가 강하고 생활의 한부분을 쫓기면서도 열심히 배우려는 마음의 자세 때문이다. 책을 통해 얻은 지식을 차분히 생각하여 남과 대화할 때 소재로 삼는다. 이렇게 해서 내 것으로 만드는 지혜를 배운다.

여기서 중요한 요점은 공부를 하려는 억제할 수 없는 강렬한 열정을 갖는 일이다. 그리고 또 한가지 중요한 것은 가까이 있는 것을 적절한 수단으로 활용하는 일이다.

어떤 학문을 목표로 하여 무슨 내용의 책을 읽어야 한다는 것은 이 책에서 굳이 다루고 싶지 않다. 어떤 책을 읽을 것인가는 그 외의 다른 많은 현실적인 일에 비하면 별로 중요하지 않기 때문이다.

독서는 분명 중요하고 유익한 것이지만 공부하려는 결의만 있다면 책이 없어도 전문적인 지식이나 교양을 넓힐 수 있다. 그 방법으로 낡은 신문이나 오래된 누더기 같은 고서나 묘비명, 자연, 예술 작품들은 충분히 책의 대용품이 될 수 있는 것들이다.

자기 자신에 맞는 책을 고른다 해도 그 범위는 매우 넓다. 왜냐 하면 독서의 범위는 자신의 기호와 판단에 따르기 때문이다. 자신이 학문에 충실하기 위한 연속성으로 관심을 갖고 있는가의 여부는 공부하는 동안에 스스로 깨닫게 되며, 그런 과정을 되풀이하는 동안 자기 나름대로 알맞은 책을 선택할 수 있는 요령을 배운다.

자기의 지식 수준과 결점을 제대로 알고 적절히 독서에 대한 조언을 해줄 수 있는 친구가 가까이 있다면 그의 의견을 듣는 것도 바람직하다.

실력을 쌓는 기적의 프로그램

여러분은 하루의 생활을 시작하는 아침에 잠시 신문을 읽는데, 바쁜 시간을 할애한 것이다. 다소 시간적 여유가 있다면 지도나 지명사전, 여행 책자를 곁에 두고 신문 내용에 나타난 지명을 한 번쯤 찾아보는 것을 권하고 싶다.

신문 지면에 생소하거나 전혀 모르는 지명이 나오면 지도를 보고 위치를 찾아 확인한 다음, 지명사전에 기록되어 있는 내용을 참고로 할 수 있고, 그 이상 상세한 내용이 필요하다면 여행 책자를 펴 조사해 보면 많은 도움을 얻을 수 있다.

무엇보다도 끝까지 기사를 읽고 내용을 대략 파악하고 나서 다시 한번 되풀이해서 읽은 다음, 앞에서 말한 방법을 사용해 보면 상세한 내용을 터득할 수 있다.

이와 같은 독서법은 매우 유익하다. 처음에는 많은 시간이 걸리는 것 같지만 실행하는 동안에 반드시 좋은 성과를 얻을 수 있다.

강연회나 세미나에서 다루어질 문제의 내용에 따라 출연자는 지도나 자료, 도표 등을 인용하여 설명하면 보다 더 청중들에게 신뢰감을 줄 수 있다. 이렇게 하면 지식이 없는 사람이라 할지라도 얻는 바가 크다.

요즘은 자료가 되는 지도나 전문적인 책을 구하기가 용이함으로 그에 대한 지식을 얻고자 한다면, 이렇듯 세심한 배려로 준비하도록 한다.

어느 누구도 모르는 곳이나 물건에 대해서는 흥미를 느끼게 마련이다. 미지의 나라, 그곳의 지리에 관한 지식을 늘려간다는 것은 실제적인 여행 못지 않게 흥미로운 일이다.

사건의 배경에서 지식을 넓히는 즐거움

하루 하루를 살아가면서 여러 가지 사건이 벌어진 역사적인 배경을 알아두는 것 또한 우리의 삶을 풍요롭게 하는 중요한 요소가 된다.

이 경우도 강연회나 세미나 또는 신문 잡지 등에서 다루어진 사건에 대해 호기심을 갖은 것부터 시작하면 된다. 다만 이러한 사건을 한번에 모든 것을 다 알려고 하지 말고 문제의 초점부터 맞추어 보는 것이 보다 더 효과적이다.

이를테면 지리적인 사정을 우선적으로 자세히 알고 싶으면 다른 문제는 잠시 뒤로 미루고 당장 필요한 지정학적인 지식을 확실히 익히는 것이 좋다. 그런 작업이 일단 끝나면 이번에는 역사를 중심으로 사건의 전말을 파악하고 문제 해결에 초점을 맞추어 공부한다.

좀 더 구체적인 방법으로 혼자 역사 공부를 계속하기 위한 무리 없는 학습 방법을 소개하여 보기로 한다. 이 방법은 일반 학생들도 응용할 수 있다.

이를테면 신문이나 잡지, 일반 교양도서를 읽고 있는 내용 중에 미국 독립전쟁 당시 버지니아주 요크타운에 살고 있는 어느 사람의 이야기가 나왔다고 하자. 이때 당장 역사

책을 펼쳐 미국 독립에 대해서 조사를 해본다. 그런 다음 어느 정도 파악될 때까지 추적해야 한다.

어떤 인물이 관계되어 있고, 언제 어떤 사건이 발생되었는가를 철저히 조사해 본다. 이런 방법으로 공부해 가면 드디어 신문에 실려 있는 기사 이상의 사실을 알게 되고 또 역사적인 사건의 상황까지 깨닫게 되는 것이다.

이렇게 지식의 범위가 조금씩 넓혀짐에 따라 이번에는 프랑스군이 미국 독립과 어떤 관계에 있었으며 영향을 주었는가 하는 의문이 제기되어 프랑스사를 공부할 수밖에 없는 동기를 갖게 된다.

그밖의 역사적인 사건도 그 내용이 고대사이든 현대사이든 간에 모두 이러한 방법으로 배워가면 의외로 많은 지식을 터득할 수 있다. 이렇듯 신문이나 잡지 기사를 학습 자료로 이용하지 않으면 하나의 오락적인 소모품에 불과할 뿐이다.

오늘날을 살아가고 있는 젊은이들은 자기가 태어난 나라의 지리와 역사에 대해 모르는 것을 부끄럽게 여기고 있지 않는 것 같다. 너무 물질적인 면에 치우친 나머지 그런 사실을 자각하지 못하고 있다는 것은 슬픈 일이다.

이상하게도 요즘 어린이들은 지나칠 정도로 여러 가지 학문을 폭 넓게 공부하고 있음에도 불구하고 자기 나라에 대해서는 거의 장님이 되어 있다는 점은 국가의 장래를 위해서 염려되는 일이다.

실전적 문장 수업은 인격을 기르는 일이다

문장을 잘 쓰는 가장 좋은 방법 중에 한 가지는 나이에 관계없이 편지를 쓰는 일이다. 편지 쓰는 습관을 어렸을 때부터 갖게 되면 문장이 향상될 뿐만 아니라 문법에 맞고 논리가 정연한 글을 쓸 수 있다.

램지가 쓴 『워싱턴 전기』에는 이에 대한 증거라고 할 만한 글이 쓰여 있다.

미국 독립전쟁이 일어나기 전에는 자기 이름조차 제대로 쓰지 못하던 병사들이 전쟁을 치르는 동안 자기의 이름을 쓰게 된 것은 물론 분명하게 의사를 논리적으로 말할 수 있게 되었으며, 또 문법적으로도 빈틈 없는 문장이나 편지를 쓰게 되었다고 한다.

그 이유는 말할 것도 없이 오랜 전쟁과 병영생활을 하게 되자 자연히 많은 편지를 쓰지 않으면 안 되었으며, 군의 체제를 유지하기 위해서는 상대편에게 확실히 뜻을 전하지 않으면 신속하게 업무를 수행할 수 없는 특수성 때문이다. 분명치 못한 말이나 한 줄의 문장이 잘못 해석되어도 부대 전체의 상황에 영향을 준다. 이처럼 정확한 문장을 써야 한다는 강한 동기에서 반복되고 훈련된 결과에 의해 좋은 글을 쓸 수 있게 된 것이다.

하지만 세련된 문장을 쓸 수 있게 되려면 꼭 이와 같은 거대한 목표가 필요하다는 말은 아니다. 글을 잘 써야겠다는 집념과 생각으로 끊임없이 노력하면 충분한 댓가를 얻을 수 있다.

비즈니스 맨 중에도 업무 때문에 좋은 문장을 쓸 수 있게 된 사람이 있다. 이렇듯 모범적인 문장의 기초는 평소 친구 사이에 편지를 주고받는 것이 가장 바람직한 방법이다. 좀 더 발전된 관계라면 서로 상대의 문장을 솔직하게 비판하기로 약속하고나서 그때그때 생긴 일을 편지 내용으로 써서 주고받는 것도 문장력 향상을 위해 권하고 싶다.

이러한 방법이라면 참고서가 필요 없고 특별히 개인적으로 작문 지도를 받지 않고도 좋은 문장을 쓰게 된 사람이 우리 주위에는 많다.

그렇다고 학교에서 배우는 문법이나 작문이 신통치 않다는 뜻은 아니다. 다만 학교서 배우지 않으면 절대로 안 된다는 이유를 부정하고 싶을 뿐이다.

또 학교 공부에 싫증을 느낀 사람에게 쉽게 접근할 수 있는 수단으로 이용하도록 권하고 싶다. 그리고 학교에서 편지 쓰는 연습을 교과목에 넣었으면 한다. 경우에 따라서는 실생활에서는 물론 직장생활에 필요한 통신문을 쓸 수 있는 공부를 더 중히 여겨야 한다.

배움이 없는 자유는 언제나 위험하며, 자유가 없는 배움은 언제나 헛된 일이다
| 존.F.케네디(미국)

처음 읽을 책은 논픽션으로 하라

책읽기에 흥미를 느끼지 못하는 사람이나 여행에 대한 지식이 없는 사람은 항해기나 여행기 같은 기행문이 가장 좋은 읽을거리가 된다.

그리고 그 다음이 전기물이다. 이는 일반적으로 흥미를 느끼기 쉬운 점에서 항해기나 여행기 다음에 권할 수 있는 좋은 읽을 거리다. 또 성공한 사람들의 전기물은 인격 형성에 많은 도움이 됨으로 역사나 지리와 같이 독립된 학문으로 간주하여 그에 상응하는 가치를 두어야 한다.

어떤 항해기, 여행기, 전기를 읽을 것인가는 지식과 경험이 풍부한 친구의 조언을 참고로 하여 골라야 한다. 사실 그런 교양을 갖춘 친구라면 값진 보물과 같은 존재이며, 그러한 친구를 가까이 두고 있는 사람은 행복하다.

엄선하여 선택한 책을 친구처럼 대하라

대중소설에 대해서는 어떤 조인을 해야 좋을지 결정하기 어렵다. 대중소설이라고 하면 우선 불필요한 내용이 포함되어 있다는 선입견을 주기 때문이다. 사실 그대로다. 대중소설을 선뜻 권하기 어려운 것은 그런 이유에서이다.

사실 소설은 현실에 가까울수록 재미있으며 생활에 도움이 될 수도 있다. 대개의 대중소설은 현실을 그대로 모방한 것이니 만큼 실감이 난다. 하지만 소설과 맞먹을 정도로 생생하게 쓰여져 있는 논픽션은 그리 많지 않다. 그러므로 뛰어난 논픽션이 나타나게 될 때까지 고르기만 잘하면 흥미진진한 소설도 인정해 주어야 한다는 반론이 생길 것이다.

한편 염려해서 하는 말이지만 굳이 소설을 읽고싶다면 좀 더 나이와 경험을 쌓은 후에 읽는 것이 바람직하다. 그리고 그런 경우에도 여행기나 전기를 고를 때처럼 친구의 조언은 도움을 줄 것이다.

독서할 여가가 조금 밖에 없는 그 짧은 시간을 최대한으로 살리고자 하는 사람이라면 소설책은 손에 대지 않는 것이 좋다. 소설은 대개 한번 읽기 시작하면 거기에 빠져들게 마련이다. 하지만 평생토록 한 권의 소설을 읽지 않아도 큰 손해는 입지 않는다.

와츠가 쓴 『지적 향상법』이라는 책의 첫장을 열심히 읽어두는 편이 훌륭한 작가가 쓴 소설 모두를 읽는 것보다 현실적으로 도움이 되지 않을까 생각된다.

매스컴을 잘 선택하면 지식의 보고가 된다

그 외에 지적 정신적 향상의 수단으로는 신문과 잡지가 있다. 이것이 주는 정보는 발행 부수가 많아 구독료가 저렴하므로 어느 누구도 부담없이 읽을 수 있다.

따라서 예고없이 발행되는 많은 출판물 중에는 상당히 나쁜 영향력을 미치는 저질 내용도 있어 무방비 상태의 젊은이는 거기서 벗어날 수 없다.

신문 잡지는 많은 정보를 제공해 주고 있지만 대부분의 기사 내용은 건전한 성격을 가지고 있다고 보아야 한다. 한편 다양한 내용으로 범람해 있는 기사 중에서 우리의 삶에 도움이 되는 것을 골라내려면 그에 따른 지혜가 요구된다. 그런 뜻에서 경험 있는 사람의 조언이 필요하다.

어떤 종류의 신문 잡지를 특별히 선택하여 읽으라고는 이 책에서 언급하지 않겠다. 왜냐 하면 주위 친구나 가족의 조언에 따라 결정하는 것도 좋은 본보기가 되기 때문이다. 신문 잡지를 선택해야 할 경우 아직은 미숙한 젊은이들에게 조언할 입장에 있는 사람이 알아두어야 할 참고 사항만을 말하기로 한다.

먼저 새로 창간된 신문이나 잡지는 그 경영방침에 찬성

할 수 있는 내용이 없다면 도움이 될 것을 찾으려 들지 말아야 한다. 인간의 나쁜 점만 집중 보도하는 삼면기사적 신문은 되도록 읽지 않는 것이 좋다. 그런 내용을 담고 있는 신문은 확실히 얼마 동안 재난과 흥미에 힘입어 판매량을 높일 수 있으나 그와 같은 불행한 기사가 반복되는 일정 기간이 지나면 압박감 때문에 자연히 독자들로부터 외면당하게 된다.

사회의 어두운 면만을 특정적으로 다룬 신문은 독자들에게 고통이나 고민에 대해서 무감각 무신경해지게 만든다. 결과적으로 심리적인 압박감을 주어 인간의 삶을 피동적인 면만 생각하게 한다.

현실성이 없는 기사나 생활에 도움이 되지 않는 단편적인 기사만 싣거나 비현실적인 허무맹랑한 연재소설만 게재하고 있는 신문은 읽지 말아야 한다. 저질 언론은 미풍양속을 해친다. 그러므로 우리 주변 가까이 있는 신문이나 잡지만큼 생활에 직접 영향을 끼치는 출판물의 위력은 대단하다.

대부분의 성인 독자들은 신문이나 잡지에 대해 의심을 갖지 않는다. 그러나 판단력이 부족한 젊은이들에게 주는 해악은 정신적인 면이나 도덕적인 해이, 정서적인 면에까지 커다란 영향을 끼친다. 그 영향력은 앞에서 말한 각종 서적의 내용을 모두 합친 것보다 범위가 넓다.

이렇듯 어떤 신문이나 잡지를 선택하여 구독할 것인가는 매우 중요하다. 그러므로 거듭 강조해서 말하지만 품격을 갖춘 신문을 고르기 위해서는 유능하고 믿을 만한 사람의 조언이 절대적으로 필요하다.

자신의 성장과정을 써서 남긴다

편지를 쓰는 것은 좋은 생활 습관이며 훌륭한 학습이 된다는 사실을 이미 앞에서 말한 바 있다. 일기를 쓰는 습관도 방법만 올바르면 그에 못지 않게 유익하다. 그러나 기껏 글씨 연습이나 꼼꼼히 익힐 정도라면 별로 도움이 되지 않는다.

어떤 젊은 농부가 몇 년 동안에 걸쳐 쓴 일기를 소개해 보기로 한다.

* 7월 2일 – 건초를 만들기 시작했다. 오전 내내 꼴을 베어 오후에는 그것을 모았다. 날씨 맑음.
* 7월 3일 – 흐림. 오늘도 건초 작업을 계속했다. 베어 놓은 건초를 작은 산같이 쌓아 놓았다.
* 7월 4일 – 독립기념일. 오후 OO로 갔다.
* 7월 5일 – 비가 오다. 바깥 일은 하지 못했다.

이와 같은 식으로 몇 년간을 썼지만, 자신의 삶에 아무런 도움이 되지 않는다는 것을 알고 일기 쓰기를 그만두었다.

그러나 다음과 같이 쓰면 많은 도움이 될 것이다.

* 7월 2일 – 건초를 만들 계절이 되었다. 난 이 일을 매우 좋아한다. 특히 이 곳은 추운 겨울이 길어 건초는 많은 도움을 준다.
  첫째날은 날씨가 좋았다. 이런 날씨가 계속되었으면 좋겠다. 갈퀴는 개량할 필요가 있다. 꼴을 긁어모으는 단순한 작업에 이토록 무거운 도구가 필요할까. 갈퀴는 알맞은 작업 때만 사용하면 될 터인데.
* 7월 3일 – 비가 올 것 같아서 건초 작업을 어느 정도 염두에 두고 계획했기 때문에 끝내는 중노동이 되어 버렸다. 무엇보다도 몸의 컨디션이 좋지 않다. 일을 너무 많이 한 탓이 아니라 필요 이상으로 술을 마셨기 때문인 것 같다. 내일은 더 열심히 해야겠다.
* 7월 4일 – 여러 발의 축포가 울리고 경축식사가 낭독되고 축제의 건배가 오고갔지만, 도대체 이것이 무슨 의미가 있다는 말인가. 이와 같은 독립기념일의 형식적인 축하는 과연 유익한 것일까? 겉으로 드러내는 화려함보다는 진정한 독립기념이 되도록 할 수 없는 일인지?
* 7월 5일 – 비가 내림. 어제는 날씨가 너무 좋아 집에서 건초 만들기 좋은 기회였는데, 난 독립기념일 축하행사에 참석하는 바람에 하루 작업에 차질이 생겼다. 해마다 독립기념일에 참가하는 것이 바람직한 일일까? 잘 모르겠다. '볕날 때 꼴을 말려라' 하는 속담에 따를 작정이다.

일기 쓰는 방법을 설명하기 위해 평범한 농가를 대상으

로 그 예를 들었다.

자기의 직업이나 하는 일에 대해서 별로 쓸 내용이 없다고 말하는 사람이 있다. 그러나 그것은 크게 잘못된 생각이다. 실제로 일을 하는 동안 자기 자신도 예측할 수 없었던 사건도 많으며, 그 중에는 매우 귀중한 소득을 얻게 되는 경우도 있다. 그러한 사실 외에도 하루하루의 생활을 통해 느끼고 반성하고 생각한 것 등등을 써두는 습관이 우리의 생활을 향상시킬 수 있다.

단순히 사실을 열거하여 기록하는 것이 아니라 거기에 자기의 생각을 써넣는 것은 과일나무의 줄기나 가지에 잎새를 무성케하여 탐스러운 열매를 맺게 하는 것과 같다.

앞에서의 예문을 참고 삼아 인용해 보았지만 무미건조한 내용인 것만은 사실이다. 다소 여유가 있어 생각이 제대로 솟아날 때는 몇 줄에 그치지 않고 몇 장을 쓸 수 있는 날이 올 것이다.

작은 수첩을 아이디어 사전으로 활용되어 청운의 뜻을 품고 학업에 열중하여 빛을 남길 수 있는 인간이 되기 위한 효과적인 방법이 있다. 그 실천 방법으로 작은 수첩과 필기도구를 항상 지니고 다니면서 뭔가 흥미있는 일을 보거나 유익한 말을 듣게 되면 그 내용을 오른쪽 면에 기록한다. 그와 동시에 그에 대한 감상을 왼쪽 면에 기록해 본다.

유능한 인물 가운데는 이런 방법을 습관처럼 실행한 덕택으로 성공한 사람도 있다. 이 방법을 이용하여 책이나 신문의 내용 중에서 도움이 될 만한 것을 스크랩해 두거나 따로 정리 보관해 두는 것도 좋은 방법이다.

독서할 때는 꼭 펜이나 연필로 그에 관한 감상을 써두는 사람도 있다. 이 방법은 앞에서 말한 여행 중에는 독서를 하지 않는다는 것과 얼핏보기에는 모순되는 것처럼 느껴질지도 모른다. 그러나 관심있게 살펴보면 결코 그렇지 않다는 사실을 깨달을 수 있다. 여행이나 식사를 하면서 독서하는 것과 하루 생활에 대한 반성과 감상을 기록하는 것은 분명히 뜻이 다르다.

기록한다는 것은 세밀하게 관찰하지 않으면 안 된다는 생각을 불러일으켜 정직하게 써야 할 것을 오히려 과장시키는 모순을 가져오기도 한다.

제6장 | 인생의 동반자

남을 사랑하고 자기를 소중하게 하는 일

결혼이라는 새로운 인간관계

결혼은 매우 중요하며 관심이 많은 삶의 테마이다.

결혼은 인류의 역사가 시작되면서부터 생긴 풍습이며 전래된 제도이고 형식이 바뀔지라도 우리의 문명과 함께 해 왔다.

만일 이러한 제도적인 방법이 유지되지 않았다면 인류 사회를 유지할 수 없었을 것이다.

결혼이 가지고 있는 의미나 목적을 어느 정도 달성하고 있는가에 따라 그 사회의 구성력과 행복의 질이 결정된다. 이 양자의 관계는 마치 온도계가 기온과 함께 오르고 내리는 것과 같은 상관관계를 나타내고 있다.

어쩌면 종교적인 신앙에 관심이 높아지는 것 또한 결혼이 가지고 있는 확고한 의미와 목적의 달성도와 불가분 연관되어 있지 않을까 속단하여 본다.

결혼은 인간의 행복에 집약되어 있는 요소가 많다.

우정은 그 무엇과도 바꿀 수 없다고들 말하지만, 특히 남녀의 행복한 맺음에서 이루어지는 우정은 더 말할 수 없이 훌륭하고 아름다운 것이다.

또 인간교육이란 입장에서 생각해 보더라도 가정만큼 한

인간을 기르고 성장시키는데 알맞는 학교가 또 있을까? 아무리 사회제도가 발달되고 훌륭한 교육시설이 갖추어져 있다고 하더라도 가정 없이는 완전한 교육 계획은 세울 수 없다. 남자도 여자도 결혼 생활이라는 단계를 경험하고 나서야 비로소 세상의 모든 일에 대응할 수 있게 된다.

'미혼이라는 말은 아직 완전한 교육을 받지 않았다는 것을 뜻한다.'

이 말은 매우 깊은 진실을 의미하고 있다. 지적 신체적인 면도 그렇지만 도덕적인 면을 생각해 보면 더욱 이 말은 진실을 뜻하고 있음을 알 수 있다.

부모나 교사의 역할은 매우 중요하다. 하지만 남편 · 아내 · 부모 그리고 보호자라는 인간 관계를 가짐으로써 스스로 많은 책임을 지지 않으면 안될 입장이 되어서야 결혼을 하여 한 쌍의 남녀가 함께 생활을 영위하므로서 책임 있는 인간으로 충분히 성장하며 자기 자신의 확고한 인격을 확립할 수 있게 된다.

이렇듯 결혼을 통해 새로운 인간 관계가 시작되는 것은 적절한 연령이 되어야만 비로소 이루어질 수 있는 사회 질서다. 그 환경은 매우 독특하여 일반적으로 생각하고 있는 것보다도 상대방의 성격에 주는 영향은 절대적이라 할 수 있다.

고생을 해도 그 나름대로 맛이 있는 '부부교실'

결혼 생활을 학교와 같은 입장에서 생각해 보고자 한다. 그것은 단순한 짧은 시간이 아니라 평생의 학교다. 학년이 바뀔 때마다 교사가 바뀌고, 그 때마다 학생들이 큰 불편을 느끼는 보통의 학교와는 다르다. 학교 그 자체는 물론 교사도 평생 바뀌지 않는다.

일반적인 학교와 같이 나쁜 인물을 양육하는 경우도 있을지 모른다. 그러나 결과가 좋든 나쁘든 인간을 교육시키는 능력이 크면 클수록 좋은 방향으로 그 인격을 신장시켰을 때 비로소 가치가 나타나게 된다. 이와 같은 입장에서 생각해 보면 조혼早婚의 장점을 부정할 수 없다.

필자는 모든 상황을 고려한 나머지 조혼은 매우 바람직한 결혼관이라고 자신있게 말할 수 있다. 조혼에 반대하는 사람들은 그 이유로서 여러 가지 예를 들거나 정치 · 경제학자의 이론까지 끌어들인다. 그러나 그 어느 것도 조혼 찬성론을 배제할 정도의 설득력은 없다.

유일하게 강력한 반대 이유는 흔히 말하기 쉬운 것으로 조혼하면 가정을 꾸리기 어렵다는 점이다. 그러나 우리 인간은 미혼이나 기혼에 관계없이 누구나 자기 자신의 삶을 꾸려가지 않으면 안 된다.

“실제로 결혼을 해보면 그것이 얼마나 큰 일이라는 것을 깨닫게 되겠지.”라고 반론하겠지만, 그렇다면 결혼이란 그와 같은 불행을 전제로 한 것일까.

빨리 결혼하면 아이를 갖지 않으면 안 된다고 하지만, 꼭 그렇지만은 않다. 자식이 많은 가족이라 하더라도 자녀와 부모 사이의 연령 차이가 35세나 되는 예도 얼마든지 있으며, 40세가 지나서 맺은 결혼에서 자식을 많이 갖는 경우도 있다.

그러나 같은 대가족이라도 늦게 결혼한 사람이 더 훌륭하게 가족을 부양하지 않을까 하는데는 의문을 갖지 않을 수 없다. 이것은 확실히 중요한 문제이다. 젊다거나 또 젊지 않다는 이유로 해서 부모가 자식을 제대로 교육시킬 만한 경제력이 없는 것 만큼 보기에 딱한 삶도 없다.

너무 가난한 나머지 끼니를 잇지 못하고 입을 것조차 제대로 갖추지 못한 채 하루하루 고생을 하고 있는 가족을 보는 것은 실로 가슴 아픈 일이다.

그렇다면 가정이란 현상은 어떠한가? 조혼자와 만혼자의 경제 상태를 상세히 비교해 보는 것 또한 세상을 살아가는데 많은 도움을 줄 것이다.

필자가 조사한 바에 의하면 조혼한 사람에게서 훨씬 좋은 결과를 볼 수 있었다.

이 사실이 입증되거나 증명되면 필자의 생각도 인정 받을 수 있을 것이다. 불행하게도 만혼자의 의견에는 주목할 만한 가치조차 발견할 수 없었다.

함께 성장해 가는 관계를 바란다면

젊었을 때부터 한 집안을 책임지고 살아간다는 것은 다소의 불안은 있겠지만, 만혼의 폐해는 그보다도 훨씬 더 크고 위험스럽다.

인간은 사회적 동물이기 때문에 나이가 들어감에 따라 성질이나 습관이 굳어져서 유연성을 잃게 되고, 자기 위주의 독단적 성격으로까지 발전되어 상대에게 맞추기 어렵게 변모되기도 한다.

이렇듯 환경의 지배를 받음으로서 서로 주고 받는 배움이라고 하는 인간교육의 장으로서의 관계마저 어설프게 되어버린다.

젊었을 때는 심신의 건강을 해치는 악습에 빠질 위험이 높다. 물론 악습이라고까지는 단정지어 말할 수 없지만, 유용한 시간을 필요없는 데 낭비한다든가 나쁜 놀이에 젊음의 한때를 보내게 되는 유혹에 빠지기 쉽다는 뜻이다.

어느 누구든지 삶의 즐거움을 바라고 있으며 매력적인 인간으로 세상을 살아가고자 한다. 이것이 바로 인생의 향기가 아니겠는가. 그러므로 패가망신하는 해로운 놀이나 악습으로부터 자기 자신을 지키려면 가정생활이 베풀어준 변함 없는 애정이나 즐거움을 젊었을 때 자기의 것으로 하는 지혜 이외에는 더 바람직한 방법은 없다.

원만한 가정 속에서 성장해 가는 아이들에게 둘러싸여 함께 살아간다는 벅찬 즐거움은 인간만이 향유할 수 있는 특권이다. 자기 자식에게 연민의 정을 품고 있는 사람이라면 마음 속으로 만족감을 느끼지 못하는 일은 결코 없을 것이다.

오랫동안 독신으로 혼자 생활해 온 사람이라면 마음가짐이 편협해지는 경향이 나타난다. 나이 많은 독신자들 중에는 인정이 많고 도량이 큰 인물도 있다.

그렇지만 고집만 세고 욕심이 많으며 냉정한 성품의 인물, 결혼 생활에서 배워야 할 인간관계, 가족에 대한 사랑이 결여된 인물이 더 많다.

미국의 개혁주의자이며 교육자인 프랭크린이 말하기를 만혼에는 큰 결점이 있다고 지적한다. 그것은 자식의 장래를 보는 기간이 짧다는 점이다. 분명히 같은 조건이라면 조혼하는 쪽이 경제적으로 유리하다는 것을 강조하고 있다.

왜냐 하면 이른 나이에 결혼한 사람들은 근면 · 검약의 습관을 기르지 않으면 생활의 터전을 마련할 수 없으므로 유혹에 시간을 낭비할 기회가 적다고 보아야 한다.

정신적인 면에서나 또 육체적인 면에서 인간이 완전한 성숙을 이루는 시기는 일반적으로 생각하고 있는 것만큼 시기가 빠르지는 않다는 점이 지배적인 것 같다.

그러나 결혼하는데 있어 육체적인 면과 정신적인 사고와 완전한 성숙함이 절대적으로 필요한 것일까. 대부분의 부모들은 적령기가 아니면 자녀에게 결혼할 것을 강요하지 않는다.

결혼이란 상대에 대한 애정을 필요로 하므로 비교적 많은 시간이 걸린다. 또한 결혼과 동시에 매우 무거운 책임이 따르므로 경솔하게 행동할 수는 없는 가장 인간적인 삶의 약속이다.

인생을 관찰하는 전인교육

그러면 다음부터 이 책의 내용을 보다 깊이 다루어 보기로 하자.

이제까지는 독자 여러분이 스스로를 향상시켜 그로 말미암아 세상에 도움이 되는 인간이 되기 위한 올바른 삶의 지침을 말함이 필자의 목적이었다.

그러나 이 장에서는 독자가 직접 인생의 반려자를 구하고 있는, 즉 새로운 책임과 의무를 수반하는 진실된 인간관계를 형성하는데 목적을 두고 이야기를 해보기로 한다.

결혼에 성공하면 자기 한 사람뿐만 아니라, 두 사람 사이에서 태어날 자녀들까지도 정신적 · 도덕적 · 사회적으로 향상시킬 의무가 따르고 있다.

부부라고 하는 관계에서는 서로 상대에게 교사 역할을 나누어 감당하지 않으면 안 된다. 그 일은 본인들이 싫다 하여 그 역할에서 벗어날 수는 없다.

한편으로는 학생의 입장이 되어 스스로 삶의 지혜를 일생 동안 배우지 않으면 안 된다. 사람은 자기가 사랑하고 존경하는 사람과 함께 생활하고 있으면 자연히 상대의 버릇을 흉내내어 차츰 그의 기질로 옮아가는 습성이 있다. 이러한 현상은 오랫동안 사이좋게 살아온 부부 사이뿐만 아니라, 한 직장에서 함께 근무한 고용자와 경영자 사이에서도 나타난다고 한다.

기질뿐만 아니라 정신적 · 육체적 · 도덕적인 면으로 본 인격에 대해서도 마찬가지다. 부부는 평생 동안 서로를 향상시키며, 한편으로는 자신을 양보하며 조화를 유지하면서 사이좋게 살아가는 동반자의 역할을 한다.

앞에서도 말했듯이 결혼은 상호교육이 행해지는 학교에 입학하는 것과 같다. 그것은 50년 이상이나 계속되는 인생 학교다. 유아기를 뺀다면 독신 시절의 1년과 비교하여 결혼 시절의 한 해 한 해는 보다 영구적인 변화를 인격에 가져다 준다.

그러므로 이와 같은 인생 학교에 들어가기 위한 준비는 결코 쉽지 않다. 평생을 통해 이만큼 중요한 시기는 없다. 결혼만큼 본질적으로 자기의 행복이 걸려 있는 약속은 달리 없기 때문이다.

인생은 한 권의 책과 같다. 왜냐 하면 그들은 단 한 번 밖에 그것을 읽지 못함을 알고 있기 때문이다
| 잔 파울(독일)

삶에 꿈과 같은 기대는 버려라

인생의 길을 함께 걸어가야 하는 가장 가까운 친구라고 말할 수 있는 반려자는 어떠한 조건이 필요한가를 이야기하기 전에, 우선 결혼 상대를 고르기 위한 일반적 원칙에 대하여 말해 두고자 한다.

첫째, 이 세상에서 완전무결한 존재는 있을 수 없다. 그러나 요즈음 젊은이들은 계산적이고 이기적인 면이 강하다. 그만큼 타산적인 세대이다. 그러므로 자기 이익을 위해서는 양보심이 없다. 그들은 자기의 반려자에 대해서 혈육 같은 인간이 아닌 비현실적인 모습을 천사와 같은 성격의 소유자를 선호하는 경향이 있다.

그러한 인물이 자신의 이상형이라면 지금도 늦지 않으므로 결연히 작별을 해야 한다. 때때로 어려운 시기에 불행한 일을 당하여도 거뜬히 이겨낼 수 있는 반려자야말로 행운을 가져오는 동반자임을 명심하기 바란다.

두 번째는 제이의적인 사항에 얽매이지 말라는 것이다. 부(富)나 아름다움, 지위나 교우관계 등을 생각하는 것은 당연하지만, 그렇다고 그것들이 가장 중요한 조건은 아니다. 모두가 제이의적인 조건에 불과할 뿐이다. 결코 결혼은 사고 파는 생활 상품이 아니기 때문이다.

세 번째는 이 세상의 다른 무엇보다도 애정이 없는 결혼은 생각할 수 없다는 점이다. 냉정한 손익계산과 애정을 담보로 하여 집안의 재산이나 그밖의 좋은 조건, 이를테면 한 나라를 경영하는 높은 지위에 있다던가 경제력이 풍부한 재벌 집안이라 할지라도 애정과 바꾼다는 계산은 잠시라도 생각해서는 안 된다.

네 번째로 주의할 것은 부는 확실히 그 자체가 아무리 가치가 있다 하더라도 결코 결혼의 제일 조건은 되지 않지만 충분한 경제력이 있는지 없는지는 깊이 생각해 볼 일이다.

다섯 번째는 적정한 연령의 결혼 상대를 골라야 한다는 점이다. 결혼 상대를 선택함에 있어 나이에 따라 기호나 습관, 느낌이 다르다는 것을 생각하면 이왕이면 자기와 별로 여령 차이가 없는 상대와 결혼하는 것이 한결 행복해질 수 있는 조건이 될 것이다. 다소 나이 차이가 있더라도 사이좋게 살아가는 부부를 종종 보게 되는 것도 사실이지만, 이것이 일반적인 예는 아니다. 물론 다른 조건에서 행복을 찾고 보다 충실한 결혼 생활을 할 수 있는 것은 연령 차이가 거의 없는 부부가 아닌가 한다.

나이든 사람이 자기보다 훨씬 젊은 상대와 결혼하게 되면 생물학적으로 보아도 오래 산다는 것은 틀림없는 사실인 것 같다. 그러나 그와 반대로 상대의 수명이 단축되지 않을까 하는 우려도 있다. 이것 또한 사실인 것이다.

실제의 연령에 관계없이 다소 늙게 보이는 겨우도 있는데, 20세인 사람이 거의 30세에 가까이 보이는 외모를 갖고 있기도 하다. 그러므로 필자는 원칙적으로 부부의 연령은 거의 같은 또래가 바람직하다고 권고하고 싶다.

끝으로 한두 번쯤의 실연이나 고생을 경험한 일이 전혀 없는 사람은 가정생활에 있어 융통성이 없다는 것을 알아두어야 한다. 이렇게 말하면 고생을 경험하지 못한 사람은 비웃을지 모르지만 많은 현인들도 이와 같은 의견에 동조하고 있음에 유의해 볼 필요가 있다.

또 한편으로는 고생을 경험한 일이 없으면 충분히 삶에 적응할 수 있는 인생의 교육을 받았다고 말할 수 없다고 생각하는 사람들까지도 있다. 이와 같은 견해를 가지고 있는 사람들은 교육이란 단순한 과학교육에 그치지 않는 그 이상의 것, 즉 인격 형성을 가르치는 수단으로 생각하고 있다는 점이다.

이런 관점에서 보면 여섯 번째의 원칙은 그야말로 진실한 삶의 고난이다. 그리스도 역시도 고난을 통하여 완전해졌다고 성서에도 쓰여 있지 않은가?

함께 살기에 알맞은 상대인가?

다소 장점이 있다고 하더라도 기본적인 상식이 없는 사람은 사회생활에 적합하지 않다. 부적합함의 차이는 상식이 있고 없음에 비례한다고 한다.

이 말은 인간을 평가하는 척도이다. 여기서 말하는 상식이란 사물을 있는 그대로 보는 능력을 말한다. 그것은 인생의 일반적인 사항에 관한 판단력이나 식별력을 갖는 것이며, 올바른 예의범절을 알고 있느냐 하는 점이다.

상식이 있으면 매사에 현명한 행동을 취할 수 있으며 상황에 맞추어 사회적으로 인정 받을 수 있는 처신을 할 수 있다. 그것은 감정이나 편견에 얽매이지 않고 이성을 작용시키는 일이다.

인간에게 있어서 상식이란 동물의 본능과 거의 맞먹을 정도로 일반적으로 생각되고 있는 천분인 재능과는 다소 다르지만, 그보다 훨씬 뛰어난 지혜이다. 대낮의 태양과 같은 강렬함이 아니더라도 항상 변하지 않는 유익한 밝음과 같다.

하루 하루 발전이 기대되는 여성

여성은 여러 가지 아름다운 자신의 빛깔을 갖고 있더라도 거기에 비례하여 끊임없는 향상심을 겸비하지 않으면 안 된다. 아무리 현명한 여성일지라도 자기 개발에 대한 향상심 없이는 행복한 삶을 기대할 수 없으며 사회적으로 남을 위해 봉사할 수 있는 자격을 갖출 수 없다.

대부분의 사람들에게 있어 절대적으로 필요하다고 여겨지는 자질이 다소 부족하더라도 향상심을 지니고 있으면 어떤 경우에라도 그것을 보충할 수가 있다. 그것은 사랑이 죄를 용서하는 일과 흡사하다.

향상심이 없으면 매사에 의욕을 잃게 되어 스스로 불행한 삶을 사는 실패한 인간의 길을 걷게 되고, 반대로 향상심이 있으면 적극적인 인생의 길을 향해 달려가게 된다.

현명한 사람이라면 동물과 같은 본능적인 상태에서 진보가 없는 자신의 삶을 부끄럽게 여기기만 해도 향상될 수 있는 자세를 지니고 있다는 것이다.

그런데 하루 종일, 아니 한 시간이라도 정신적 향상이 없이 지내면서 만족할 수 있는 여성이 있다는데는 매우 놀라지 않을 수 없다. 하등동물이라면 빠른 속도로 성장하여 모든 것을 완성시킨 다음 더 이상 진화가 계속될 수 없고, 또 미래를 예약할 수도 자신의 삶을 즐길 수 없는 상태가 되지만, 하등동물은 이러한 자기 변화를 시도하거나 별로 부끄럽게 여기지 않는다.

이렇듯 모든 생물은 각자의 운명을 자연에 순응하고 있는 것이다. 그러나 만물의 영장이라는 자격을 갖추고 있는 인간에게는 주어진 사명이 있다.

만일 우리 인간이 태양처럼 영원불멸하다고 하더라도 배워야 할 목적은 무궁무진하지만, 실은 그 반도 배우지 못하고 인생을 끝내버리지 않으면 안 되는 숙명적인 존재이다.

올바른 처신으로 남을 움직이기 위한 지적, 정신적으로 향상하고자 노력하는 사람이 요즘은 별로 눈에 띄지 않아 안타깝기만 하다. 너무나 타산적이고 자기 중심적이어서 자신만이 가장 소중하며 가족은 물론 친구들까지 이차 삼차의 대상이며, 더욱이 이웃은 전혀 생각지 않는 사람이 대부분이다.

값비싼 호화로운 옷, 장신구, 주택, 가구 등등 단순히 물질적인 즐거움이 가져다주는 것에만 만족하듯, 우리 인간이 지니고 있는 향상심의 높이는 기껏해야 사소한 것에 얽매일 정도이다.

지성이나 사고의 질, 삶의 질을 높이는 것이 무엇보다 중요하다고 가르쳐주면 그들도 한결같이 수긍한다. 그러나 잠시 동안 지나면 그만 모든 것을 잊어버리고, 지금까지와 같은 변함이 없는 생활을 되풀이할 따름이다. 충고의 말을 들었을 때 그 당시에만 고개를 끄덕이지만, 사실은 별다른 관심을 갖고 있지 않는 것이 인간의 본성이다.

자기의 인간성을 보다 높은 가치로 이해하는 사람일지라도 아무런 노력을 하지 않는 채 이기심만을 앞세워 사회성이 없는 단순한 동물적 생활에만 집착된 나머지 스스로 타락해 버린다는 것은 비극적인 삶의 방법이라고 말하지 않을 수 없다.

향락적인 인생에 말려들지 말라

하루 중에 10～12시간을 잠으로 소비하고나서도 아침 해가 떠오른 지 3～4시간이 지나서야 겨우 잠자리에서 일어난다.

오전 동안을 내내 거울 앞에 앉아 화장으로 보내고 점심 때까지 쓸데없는 전화 잡담으로 시간을 보낸다. 그리고 오후가 되면 하품을 하면서 삼류 작가의 소설을 뒤적거리다가 저녁때부터는 각종 파티나 모임 등으로 자극적인 시간을 보낸다.

그렇다면 잠자리에 드는 시간은 한밤중이 될 것이다. 이미 심신은 생체 리듬이 흐트러진 흥분된 상태 속에 빠져있으므로 가까스로 잠을 청한다 해도 나쁜 꿈을 꾸게 마련이다.

그와 같이 귀중한 시간을 허비하고 어떻게 만족한 삶의 가치나 행복의 감정을 느낄 수 있겠는가? 진실한 인간이 되고자 노력하는 사람이라면, 그러한 생활 습관을 도저히 이해할 수 없을 것이다.

하지만 우리 주변에는 불행하게도 그런 사람이 현실적으로 너무나 많다. 그와 같은 유형의 사람들이 이곳 저곳에

고립되어 존재하고 있는 정도의 소수라면 모르겠지만, 대도시에서 살고 있는 많은 사람들이 아무런 반성없이 불성실한 생활을 하고 있다는데 주목해야 한다.

한 맹렬 여성이 주위 사람들의 도움을 받아 잡지를 창간했다. 들리는 소식에 의하면 목적은 오직 한 가지, 나날을 무위하게 보내고 있는 많은 여성들에게 어떤 형태로든 자선과 봉사활동을 행하도록 계몽하는 내용이 발행 취지라는 것이다.

이 잡지를 읽음으로써 가정 주부들은 우선 아이들의 잡다란 치닥꺼리로부터 해방되어 가사 노동을 보다 효과적으로 개발하고 오랜 관습이 되어온 무지나 빈곤으로 고통 받는 사람들에게 동정심을 가지고 스스로 자신의 일을 능동적으로 처리하는 한편, 적극적인 사회 참여를 행동으로 옮길 수 있도록 하려는 것이 여성 발행인의 목적이었다.

그런데 안타깝게도 이 잡지의 기사 내용은 너무나 보수적인 나머지 무미건조하고 지루한 문장으로 일관되어 있기 때문에 여성 독자들은 이 잡지를 끝까지 읽고 싶은 마음이 없다고 한다.

결혼 상대를 찾고 있는 젊은 남성들이 만약 오랜 관습에 얽매인 가정에서 교육을 받은 여성을 만나게 되면, 그것은 깊은 동굴 안에 고여 있는 질식가스와 같아서 삶을 마취당하게 되고 행복한 인생의 길을 잃게 될 것이다.

만일 그와 같은 여성과 교제하고 있으면 마음 깊숙이 불타고 있는 관대한 연민의 정이 솟아나기는커녕 오히려 사막에서 만나는 신기루와 같은 환상만을 보게 된다.

결코 포기하지 않는 향상심을 가지고 심신을 다 함께 닦으려고 하는 여성이라면, 대개는 착하고 좋은 아내가 될 수 있는 조건을 가지고 있다고 단언해도 무리가 없을 것이다.

그러나 겉으로 보기에는 미모가 아름답고 경제적인 여유가 있고 친구들과의 교제도 화려하며 뛰어난 재능이 있는 여성이 향상심을 지니고 있지 않다면 주의해 볼 일이다.

평생을 독신으로 지낸다는 것은 바람직한 일이 아니지만, 이와 같은 분별없는 여성과 결혼할 정도라면 오히려 혼자 사는 편이 훨씬 낫다.

만일 지금 사귀고 있는 상대가 그와 같은 여성이라면 될 수 있는 대로 연민의 정을 가지고 생활 태도를 교정해 주어야 하지만 사랑해서는 안 된다. 만약 사랑하게 되면 오히려 견딜 수 없는 고통을 받게 된다.

분위기를 만드는 여자보다 신념을 가진 여성을 선택하라

남편은 물론 아내 역시도 어떤 어려운 환경에 놓이게 된다 할지라도 자기의 신념에 따라 행동한다는 약속을 결혼 전에 해두면 살아가는데 많은 도움이 된다.

그러므로 두 사람은 그 약속을 져버려서는 안 되며, 그와 같은 신뢰감을 줄 수 있는 언약을 하지 않았더라도 적절한 시기에 정해 두는 편이 두 사람의 결혼 생활을 윤택하게 해 줄 것이다.

만약 아내가 어떤 경우에 비록 자신의 신념에 반대되는 의견을 가지고 있더라도 무조건 남편의 의사에 따라야 된다고 생각하고 있는 남성이라면 바람직하지 않다.

여기서 어떤 경우라고 말했지만, 아내는 남편의 현명한 의견에 따르는 것은 바람직한 일이며 이치에도 맞는 일이 아닌가 싶다.

젊은 부부들이 사소한 의견 충돌로 제삼자를 개입시키는 것은 지혜로운 해결 방법이 아니며, 오히려 결혼 생활을 파탄으로 이끌 수 있는 방편이 됨을 명심해야 한다. **그렇다면 부부가 다 함께 완고한 자기 주장을 양보할 수 없을 때에는 어떻게 하면 되는가?**

남편을 깊이 믿고 신뢰하고 있는 현명한 아내라면 상대의 의견에 자기 자신을 맞추는 편이 좋은 방법이라는 사실을 깨달을 것이다. 왜냐 하면 대개의 경우 즉석에서 자기의 의견만을 주장한 나머지 상대의 감정을 극도의 흥분으로까지 유발시켜 사소한 언쟁이 가정의 질서를 무너뜨리는 결과를 가져올 수 있기 때문이다.

한편 아내가 오직 남편을 기쁘게 하기 위해 옳고 그름을 생각지도 않고 상대의 의견에 맹목적으로 따르는 것 또한 바람직하지 않다. 아내 역시도 판단력이나 자기 주장의 분별력을 가지고 태어났으므로 인간적인 면에서 동등한 자격이 있는 것이다.

그러나 무엇보다도 더욱 나쁜 것은 두 사람 모두가 같은 의견인데도 괜히 고집을 부려 일부러 상대에게 상처를 주려는 것은 가정을 파탄으로 이끌어가는 가장 나쁜 버릇임을 명심해야 한다.

가정은 화평과 휴식의 원천

착실한 젊은이가 아니면 착한 아내를 바랄 수 없다. 여기서 착하다는 말은 무분별하게 술을 많이 마시지 않는다는 국한된 면을 뜻하는 것이 이니다.

물론 남성이나 여성에 있어서 지나친 음주 습관은 나쁜 일이다. 그러나 분별력이 있고 자제력을 모두 갖춘 젊은이라면 그 점에 대해서는 걱정할 필요가 없다. 술에 취해 이성을 잃은 나머지 품위를 손상시키는 행동은 흔히 있는 일이다.

젊은 여성의 착실함에 대해서 말할 때에는 금주를 뜻하는 것이 아니라, 바른 행동과 예의범절에 기준을 두고 있다. 착실하다는 말은 사려 깊고 행동이 바르며 마음가짐이 현명함을 뜻한다.

인생의 동반자로써 생활을 함께 하는 상대가 이와 같이 착실한 사람을 선택한다는 것은 매우 중요한 일이다. 아무 생각도 없이 무분별하게 행동하는 여자의 일생을 미리 생각해 보지 않는다면 예측할 수 없는 불행을 맛보게 될 것이다. 그러나 그와 같은 아가씨도 훌륭한 교육을 받게 되면 대부분 착실해지는 것이 인간의 본성이다.

유년시절에는 다소 덜렁거리며 유치한 놀이에 빠져 있어도 인격 형성에는 큰 지장을 받지 않는다. 연령, 즉 한 가정을 이끌어갈 나이가 되면, 어렸을 때의 명랑함이나 순진함은 다소 간직해 두는 편이 좋지만, 어린이의 무책임한 경솔한 행동은 버려야 한다.

가정을 맡길 수 있는 남성의 행복은 여성이 좌우한다

어느 작가는 다음과 같이 자신의 모습과 삶에 대해 쓰고 있다.

내 인생에 있어서 착실한 인품에 특유한 여러 가지 좋은 점을 두루 갖춘 한 여성을 반려자로 만나지 못했더라면 나는 평생토록 독신으로 살았을 것이다.

나 자신은 항상 의지에 차 있고 어떤 경우에도 실망하는 일이 없으므로 많은 사람들이 놀라워하는 시선으로 바라보고 있는 것 같았다. 이는 우연한 기회에 그와 같은 말을 듣게 되고 확인할 수 있었다.

사실 나는 40년 동안의 인생을 살아오면서 수많은 고생과 실패를 경험하며 강력한 적과도 마주쳤다. 그와 동시에 남들이 이루지 못한 성공을 혹독한 정신 노동으로 이룰 수가 있었다. 그러한 노동에는 강한 정신력이 필요하며 생명까지 버려야 할 만큼의 인내도 요구되었다.

또한 나는 어떤 일을 해결하기 위해 미리부터 걱정하는 타입이 아니었다. 고생도 나에게 있어서는 고통이 아니며, 어떠한 독신자보다도 명랑하고 걱정거리를 쉽게 잊는 습관을 가졌다.

그러므로 주위 사람들로부터 언제 보아도 의기양양해 보

인다는 말을 자주 듣지만 낙천적인 성격으로 하여 매사에 소극적이고 침울해질 이유가 없었다. 더군다나 가난을 걱정하지 않는 긍정적인 사고방식은 부자가 되고자 하는 유혹에 동요되지 않았기 때문에 그만큼 풍요로움을 느낄 수 있었다.

가정과 아이들에 대한 올바른 가정교육을 남들에게 강하게 권하고 있듯이 나 자신도 솔선해서 착실한 태도를 잃지 않도록 주의하고 있다. 착실함은 남으로부터 신뢰 받기 위한 기본 자격이다.

젊은 사람들은 무엇보다도 이 착실함을 가장 큰 삶의 기본 자세로 생각해야 한다. 맹목적인 의심이나 불안을 마음속에 품고 아랫목에 웅크리고 앉아 있는 남자의 모습만큼 가엾은 존재도 없다.

매사에 불신감을 가지고 있다고 하더라도 아내의 부정을 의심해서는 안 된다. 아내가 검약하고 있는 지 어떤 지, 남편의 성공을 생각하고 있는 지, 아이들의 건강이나 나쁜 버릇에 대한 불안감, 모든 것에 자물쇠를 채우지 않으면 외출할 수 없는 남편의 강박관념, 아내에게 맡기면서도 자기 자신이 손에 쥐고 있는 것만큼 안전하지 못하다고 염려하는 남자를 보면 불쌍하기 짝이 없다.

반대로 여행하는 동안 호텔이나 작은 여인숙에 가족들만을 남겨놓은 채 혼자 외출하여 돌아올 때까지 어떠한 나쁜 일도 생기지 않는다는 것이 당연하다고 믿고 있는 남편은 행복하다.

그리고 책이나 원고를 서재 바닥은 물론 책상 위에까지 어질러 놓고 외출했다가 돌아와 보면 말끔하게 정돈되어 있거나 집을 수리하는 인부들의 지저분한 발자국이 남아 있는 집안을 남편이 없는 사이에 깨끗이 청소되어 있다면 행복할 것이다. 그러한 남편은 걱정스러운 일이나 고생을 모른다.

사실 나는 그러한 생활을 해온 것이다. 나는 가정과 아이들을 가진 것만으로도 이루 말할 수 없는 즐거움과 행복감을 맛보고 있다. 그와 동시에 집안 일의 번거로움으로부터 해방된 독신자만의 자유도 누려보았다.

다만, 이 귀중한 믿을 수 있는 아내를 얻기 위해서는 젊은 이다운 이성을 작용시켜 상대를 찾는 일이다. 미모나 학력이 높다는 것만 내세운 나머지 한편으로는 사치를 좋아하며 수다스러울 만큼 말이 많으며 향락적인 면이 조금이라도 엿보인다면 결코 믿을 수 있는 아내의 조건이 될 수 없다.

왜냐 하면 타고난 성격은 쉽게 바뀌지 않기 때문이다. 만약 그러한 여성과 결혼하게 되면 그녀에게 믿을 수 있는 행동을 바라는 쪽이 오히려 잘못된 사람이 아니겠는가.

앞에서도 말했듯이 상대가 착실한 여성이라면 남편에게도 믿을 수 있는 행동을 요구하게 된다. 이 경우에는 서로 신뢰감을 갖고 있지 않으면 효과를 기대할 수 없다.

여자로부터 신뢰감을 얻기 위해서는 처음부터(결혼 전부터) 그녀에 대해 자신이 아무런 의심과 불안도 갖고 있지 않다는 명백함을 나타내 보여야 한다. 항상 불평 불만을 털어놓기 때문에 여자들로부터 인기를 끄는 남자들도 있다. 하지만 대부분의 여성은 질투심 많은 남성을 싫어하는 경향이 있으므로 만약 그러한 남성과 결혼했다고 하면 그 동기는 애정이 아니라 다른 이유에서 이루어졌을 것이다.

무엇을 했는가로 애정의 척도를 잰다

인간에게는 타인의 평가에 의해서 어떤 사람이 될 것이라는 예견이 맞아 형성되는 경향이 있다. 그러므로 남을 의심하거나 사사로운 질투에 주의하지 않으면 자기 자신마저도 두려워해야 하는 불행한 삶을 경험하게 된다.

다음에 이야기하고자 하는 내용은 독신자이든 결혼을 했든 간에 매사에 의심이 깊고 질투가 많으면 어떤 결과를 가져오는가를 보여주는 실례를 말하고자 한다.

어떤 지적인 직업에 종사하는 남성이 불행하게도 늘 남을 의심하는 성격을 가지고 있었다. 그런 그에게 C씨가 이 세상에서 가장 좋은 친구였다.

그런데 뭔가 불분명한 동기로 C씨를 자기의 적이 아닌가 하고 의심하기 시작했다. 처음에는 자신의 변질된 마음의 폭이 미미했으나 마침내는 그것이 하나의 고정 관념으로 현실화되어버린 것이다.

그가 필요 이상의 병적인 질투만 하지 않았다면 C씨는 아직까지 가장 친한 친구로 그의 곁에 머물러 있었겠지만, 마침내는 중상 모략까지 자행하여 유능한 C씨는 직장까지 그만두지 않으면 안 되었다.

앞에서 소개한 작가의 문장을 다시 인용하기로 한다.

나 자신도 종종 그러한 잘못을 저질렀지만 무지에 가까운 사람들이 자기 자식을 지나치게 맹목적으로 사랑하고 있는 모습을 관찰해 보면 그 의미를 알 수 있을 것이다.

때로 부모들은 자신의 초라하고 어설픈 식사까지 거르면서 모은 돈으로 아이들이 일요일에 입을 옷을 사려고 한다. 또 한편 아버지들은 가족들을 위해 날마다 직장이나 공장에서 격심한 노동을 끝내고 돌아오면 아내가 저녁 식사를 준비하는 동안 아이들을 보살펴 줘야 한다.

지난날 불행했던 시절의 부모들은 아이들이 배고프지 않도록 자기 몫의 식사까지 포기해야만 했던 경우도 있었다. 그러므로 우리들은 매사에 확실한 행동으로 나타내는 척도를 참다운 애정으로 삼아야 한다. 그러나 지금에 이르러서는 산업이 발달되어 삶의 질도 높아졌다.

향상된 문화와 문명의 혜택을 받아 도시와 농촌 생활의 격차가 줄어들어 지구촌이라는 말이 만들어질 정도이다. 이제는 평생의 반려를 선택할 때에는 가난 같은 것은 전혀 두려워할 문제가 아니라는 사실에 많은 세상살이의 변화를 엿볼 수 있다.

위생적으로 청소가 잘 되어 있는 작은 집, 깨끗한 옷차림의 아이들이 놀이터에서 평화스럽게 놀고 있는 모습, 쇼핑을 함께 하고 집으로 돌아오는 젊은 부부의 모습은 그 무엇보다도 우리의 눈을 즐겁게 해준다. 이것은 인간 사회에서만 볼 수 있는 특별한 광경이다.

저명한 변호사로서 상원의원을 겸하고 있는 한 유명 인

사는 자기 부인을 하루도 아이들의 곁에서 떨어지지 못하도록 해서 11년 동안을 친척이나 친구를 찾아 외출한 적이 한 번도 없었다고 한다면, 아무리 아이들과 함께 있게 한 것이 행복한 가정 생활이라고 믿는다 해도 자기 아내를 11년 동안이나 집안에 가두어 놓고 있었다는 남편의 태도를 변호하고 싶은 마음은 추호도 없다.

다만 이와 같은 가정생활에 알맞은 여성이 과연 존재할 수 있을까 의문이 갈 뿐이다.

인생의 겉만을 바라보는 여성

정열적인 젊은이가 자신이 사귀고 있는 여성이 지나칠 만큼 착실한 상대라면 인간적인 따뜻한 맛이 없다는 증거가 아닌가 생각하고 있는 것 같다.

그러나 오랜 인생의 경험을 가진 사람이라면 젊은이의 생각과는 전혀 다른 사실을 알고 있다. 경솔함은 사고력의 결핍과 정열의 남용에서 얻어지는 결과이다. 그러므로 제멋대로의 성격은 결코 애정과 양립할 수 없다. 이러한 사람의 정열은 보다 동물적인 면에 가깝다.

한편 매사에 착실한 여성일지라도 겉치레만 치중한다면 오히려 더 천박하게 보일 것이다. 하지만 단순한 경솔함이나 마음의 느슨함을 벗어나지 않는 행동에 대해서는 너무 엄격한 판단을 내리지 않는 게 좋다. 그런 행동의 기준은 각 개인의 성격이나 체질에 좌우되며 넓은 의미에서는 국민성과도 관계가 있기 때문이다.

젊은 여성이 너무 착실한 나머지 다소 소극적이라고 해서 음흉하다고 판단하는 것은 큰 잘못이며, 실제로는 그 반대라는 사실을 염두에 두어야 한다.

필자의 경험에 의하면 남녀를 불문하고 술을 잘 마시고

명랑한 사람은 대개 술을 마시지 않을 때에는 지루하고 아무 재미가 없다. 그들은 뭔가의 자극이 없으면 뭍에 올라온 물고기와 같이 부자유스럽다. 그들이 즐겨 찾는 자극은 술이 아니면 홍차나 커피, 향신료에 의해 불건전하게 가공된 식품들이다.

만일 여기서 더 발전하여 그 어느 것도 아니라면 지적인 자극에서 마침내는 향락적인 자극을 원하게 될 것이다. 무절제라는 것은 몸에 해로운 향신료나 첨가물을 쓰는 것과 같아서 마음이나 지성을 마비시키는 자극제와 같다.

그러므로 육체적인 무절제와 정신적인 무절제는 항상 평행을 이루어 인간을 타락시키고 삶의 불모지대를 만든다.

소박한 식사와 단정한 옷차림으로 살아갈 수 없는 사람은 평범하고 진실한 가정생활이나 사회생활은 가슴이 답답해진다고 변명한다. 심지어는 무의미한 삶이라고 단정 짓기까지 한다.

그러나 이러한 부류의 사람은 인간의 참된 도리가 무엇인가를 단 한번이라도 생각해 보지 않았을 것이다. 평범한 사람을 위해 열심히 노력하는 사람들을 보고 무슨 일이나 좋아한다고 비꼬아 말하기도 한다.

오늘날 물질 만능에 길들여진 많은 여성들은 소박한 생활을 꿈꾸는 남성의 반려자로서의 자격을 상실한 지 이미 오래이다. 좋은 성적으로 학교를 졸업했지만, 일단 학교문을 나서면 백지 상태가 되어버리는 것은 어찌된 일일까.

그 원인은 아무것도 할 수 없도록 교육을 받았다는 증거이다. 현실적으로 이와 같은 여성이 상상 외로 많음을 엿볼 수 있다.

자기가 해야 할 일을 제대로 하지 않는 여성은 가정이나 직장에서, 결혼을 하든 독신이든간에 자기 자신에게는 물론 가정, 사회생활에 아무런 도움이 되지 못하는 삶을 산다.

그러한 여성은 자극적인 흥분을 가져다주는 기회를 기다리거나 쉽게 탐욕적인 생활에 빠진다. 그리하여 불행의 싹을 키우게 된다. 이러한 여성과 평생을 함께 살게 된다면 그것은 큰 재앙이나 다름없다.

그러나 착실한 여성은 자기만을 위한 시간을 기꺼이 가정을 위해 희생하며 남편의 귀가길을 서두르게 할 것이다.

총명한 여성은 집안 살림을 잘 꾸린다

집안 살림에 대한 지식이 전혀 없고 가사일을 좋아하지 않는 여성은 비록 그 출신이 아무리 훌륭하더라도 결혼 상대로는 적합하지 않다.

물론 이 책에서는 부유층을 대상으로 한 것이 아니라 평범한 가정의 독자를 대상으로 하여 쓰고 있음에 유의해 주기 바란다.

평범한 가정 주부라면 가사에 대한 지식은 절대적인 조건이므로 사랑을 우선으로 하는 연인들 사이로 맺어졌다 하더라도 이 점 만큼은 특별히 주의를 기울여야 한다.

집안 일을 잘 한다고 하는 것은 지식으로 해결되는 일이 아니라 자기 희생과 노력이 따르지 않으면 결코 해낼 수 없는 가사 노동이다. 한 가정을 꾸려갈 여자라면 여러 가지 요리 재료만을 알고 있을 것이 아니라, 실제로 음식을 만들어 가족들을 위한 식탁을 마련해야 한다.

많은 재산이 있다던가 특수한 직업을 가지고 있는 경우에는 모르지만, 젊은 사람들은 결혼 초부터 가사일을 남에게 의존하거나 부탁해서는 안 된다.

농업이나 상업에 종사하는 부부 사이에 아이가 태어나

면 부득이 타인의 손이 필요하겠지만, 하루하루 생활비를 벌어들이지 않으면 안 되는 신분으로는 고용인이란 엄두도 낼 수 없다. 건강한 사람의 하루 식사는 세 번이면 충분하다.

건강할 때에는 먹는 음식의 종류나 선택에 별관심이 없다. 하지만 너무 탄 생선이나 과다한 육류 섭취, 너무 건강에만 치우친 식품에는 금방 싫증이 나 버린다. 아무리 사랑스런 아내가 만들어준 음식이라고 하지만, 편중된 식사 방법에 한두 번은 참을 수 있으나 그 다음부터는 탄식과 불평의 소리가 나오기 시작하고, 그 이상이면 잔소리를 하지 않을 수 없다.

이런 일이 바로 잡히지 않고 교정되지 않은 채 1~2개월 그대로 지속되면 남편은 결혼을 후회하기 시작하며 아내에 대한 기대감은 물론 가정에까지 권태의 그림자가 깃들게 된다.

그렇게 되면 아내라는 존재는 일생을 함께 하려는 반려자가 아니라, 오히려 무거운 짐이라고 여기게끔 된다. 불행하게도 이러한 교육 밖에 받지 못한 아내는 자기가 할 일을 제대로 익히려 하지 않는 한 스스로 남편의 애정을 멀리 하는 결과를 초래하게 되므로 고통 받는 삶을 살지 않으면 안 된다.

아무리 원만한 성격을 가진 남편이라도 아내가 집안일에 등한시하거나 불성실하다면 애정을 갖고 대할 수 없을 것이다. 이렇듯 사랑 받는 아내의 자격은 가정을 위해 헌신하는 성실함에 있다.

아내가 살림을 잘 하는 여자라면 아무리 조심성이 많은 남편일지라도 월급 봉투는 물론 가계의 모든 경제권을 서슴없이 맡길 것이다. 다만 가계비의 총액과 지출에 대해서는 남편이 최선의 판단을 내려야 한다.

여자는 교양만으로 사랑 받을 수 없다

보통의 가정에서는 주부가 음식을 장만하지 않으면 불편한 식사를 하게 된다. 조리법을 모르면 빵도 구울 수 없고 다른 요리도 먹을 수가 없다.

주부가 많은 일을 한다고 해서 걱정할 필요는 없다. 운동은 건강에 좋으며 적당한 활동이 없으면 아름다움을 가질 수 없다. 무엇보다도 이 경우의 가사 노동이란 습관적인 활동이다.

매일 매일을 게으름 속에서 살아가고 있는 여성이 잠을 실컷 잘 수만 있다면 재산의 반은 내놓아도 괜찮다고까지 생각하고 있을지도 모른다. 그러나 부지런히 일하는 주부라면 잠을 자지 못하는 일은 절대로 없을 것이다.

악기를 타거나 그림을 그리거나 낭만적인 편지 쓰기를 좋아하여 찢어버리는 종이의 양만큼 시간을 낭비하는, 한편 쇼나 연극에 빠지거나 소설 읽기에 여념이 없는 자유분방한 아가씨와 날마다 말없이 일에만 매달려 있는 청년과 결혼 한다면 어떻게 되겠는가?

만약 그와 같은 자기 중심이 없는 여성과 결혼하면 그 결과는 자명한 일이다. 이런 경우 결혼 생활을 지속시키기 위해서 남자는 끈질긴 인내심을 갖거나 특별한 관용을 베풀어야 한다. 그리고 공정한 사고를 가져야 한다. 공정하게 생각하면 아내에 대해 관대해진다.

그러므로 아내에게 가사를 익히도록 설득한다든가 인내심을 갖고 자기가 그녀의 무능함을 알고도 기꺼이 배우자로 맞아들였다는 사실을 일깨워주어 변화를 기대해 볼 수도 있다. 이때 비로소 남자는 여자의 외모에만 눈이 팔려 아무 소용이 없는 여러 가지 재능에 반했다는 것을 비로소 깨닫게 된다.

그녀가 가사를 모른다는 사실은 이미 알고 있었을 것이다. 자신의 욕망에 흡족하지 않다고 하여 돌연 태도를 바꾸어 살림을 잘 못한다고 탓하는 것은 공정성을 잃은 처사이며, 이는 남자다운 자세가 아니다.

자의든 타의든 간에 겉치레 교육밖에 받지 못한 탓으로 살림에 대해서는 전혀 모르는 여성만큼 불행한 존재도 없다.

지금까지 갖춘 그녀의 교양은 아무 소용이 없다. 음악이나 그림, 수많은 편지가 어떻게 실생활에 도움이 되겠는가? 진심으로 상냥하고 교양 있는 여성이라면 갓난아이의 울음소리를 듣는 순간, 그 때까지 마음 속에 지니고 있던 낭만적인 것들, 모든 공상 인물들은 단번에 잊어버리야 한다.

한편 농어촌이나 상업에 종사하고 있는 남자의 아내라면 아이들을 양육해야 함은 물론 질병이나 노후를 대비하기 위해 가계를 돕지 않으면 안 된다. 그러므로 결혼 초부터 노동이나 가게일을 도와야 한다. 이때 최상의 내조의 공이란 남편과 함께 재산에 신경을 쓰고 유효 적절하게 돈을 사용하여 낭비를 막고 최소의 비용으로 풍부한 식탁을 마련하는 일이다.

그러나 가사일을 모르고 성장한 여성이라면, 그와 같은 노동의 댓가에서 얻어지는 일의 가치를 알 수 없다. 또 자기의 교양보다 가사를 가볍게 여기는 여성도 가사와 노동의 참뜻을 이해할 수 없을 것이다.

왜냐 하면 가사는 저급한 일이고 무지한 여성만이 하는 노동이므로 자기는 그런 일을 할 수가 없다고 생각하고 있는 좋지 못한 습관을 지니고 있는 아내에게 집안일을 맡긴다는 것은 처음부터 잘못이다.

무지함이란 자기의 직업, 또는 생활에 대해 알아야 할 것을 모른다는 뜻이다. 농민은 난해한 책을 읽을 수 없지만 무지하다고는 말하지 않는다. 땅을 가꾸는 일을 몰라야 비로소 무지하다는 말을 듣게 된다.

그러므로 남편을 위해 식사 준비도 할 수 없는 아내라면 무지한 여자라는 말을 들어도 마땅하다.

한 가지 예로 배고픈 사나이를 향해 "당신 부인은 피아노와 노래를 잘 하니까…"라고 칭찬해도 그 말은 듣고 싶지 않은 공치사에 불과할 뿐이다 연인들 끼리라면 먹지 않고도 살아갈 수 있겠지만 가족을 위해 직장에서 뛰고 있는 남편들에게는 보다 실속 있는 식사가 필요하다.

젊은 여성 독자 여러분들에게 말하고자 한다. 남편의 마음을 자신의 곁에 붙잡아 두기 위해서는 범람하고 있는 신부교실이나 각종 문화원에서의 교양 시간보다도 정결한 식탁에 마련된 맛좋은 요리, 그리고 정돈된 집안과 쾌적한 환경이 훨씬 도움이 된다는 사실을 명심해 두기 바란다.

사람은 명예와 지위의 즐거움을 알면서도 이름없고 지위없이 지내는 참다운 즐거움을 알지 못한다 | 채근담

남편의 다리를 끌어당기는 여성

세상살이와 생존경쟁이란 격심한 삶의 투쟁 속에서 살고 있는 남성들에게 있어 욕심 많은 여성만큼 싫은 대상은 없을 것이다.

한편 남성들 중에도 지나친 욕심에 편중되어 돈 밖에 모르는 사람이라면 주위로부터 경원의 눈길을 받지만, 그래도 같은 남성이라는 입장에서 애써 눈을 감아줄 뿐이다.

아내가 남편을 위해 내조의 공을 다 하려고 한다면 정신적인 면에서 뿐만 아니라 물질적인 면에서도 남편을 도와서 안 된다는 이유는 없다. 자기는 일하지 않고 남편이 벌어다준 것만 쓰기 위해 결혼하며, 실제로 남자가 경제력이 없다면 결혼하지 않겠다는 여성이 많음에 놀라지 않을 수 없다.

그런 말을 하는 여성이라면 성실한 인품을 가진 배우자라고 단정할 수 없다.

남녀 구별할 것없이 경제력이 없으면 죽는 것보다도 더 불행하다고 말하는 사람들이 있는데, 그들은 참으로 가난에 대한 두려움을 모르는 사람이다.

좋은 환경에서 자란 여성들 중에는 결혼생활을 하는데

경제적인 걱정이나 노동이 자기에게는 필요가 없는 대상으로 생각하여, 만약 고생이 뒤따르면 평생 독신으로 살던가 또는 죽는 편이 차라리 낫다고 생각하는 한심한 여성도 있다.

이성이나 상식적으로 판단해 보아도 결혼을 하면 경제적으로 고생을 당하거나 때로는 가족을 위해 돈을 벌기 위해 노동을 하게 되는데, 이것은 당연한 인간의 의무라고 생각해야 한다.

이러한 여성은 남다른 뛰어난 장점을 지니고 있더라도 물귀신을 보듯이 멀리 해야 한다. 그녀들이 진정한 삶의 의미를 잊은 채 안일한 생활에 빠져 무의도식 한다면 레일 위를 무작정 달려가는 기관차와 같은 존재일 뿐이다.

그와 같은 여성에게 연민의 정이 있다면 그 영향을 받을 수 있는 기회를 갖지 말아야 불행으로부터 벗어날 수 있다.

목표를 향하여 서로를 격려할 수 있는 상대

가정생활을 꾸려가는데 있어 몸을 움직이는 것보다 아무 것도 하지 않는 무사 안일함이 좋으며, 근면보다 나태를, 노동보다 안이함을 좋아하는 여성, 평생 동안 일하려고 하는 확실한 각오가 없는 여성은 어떤 경우에도 사회생활이나 가정생활 모두에 부적합한 인물이다.

여성이 어떤 일을 하면 좋은가에 대해 아이를 기르는 일을 예로 드는 것은 여기서는 피하기로 하겠다.

무엇보다도 건강하게 생명이 다 하는 날까지 열심히 일하지 않으면 안 된다. 그것도 성심 성의껏 자신의 삶을 살아가야 한다. 그렇게 하지 않으면 스스로 뿌린 삶의 씨앗 때문에 고민을 하고 불평만 늘어놓다가 불행한 죽음을 맞이하게 된다.

나이가 90세인 어떤 할머니가 좋은 이야기를 해주었다. 그녀는 일하기 위해 이 세상에 태어났으며 파란만장한 긴 생애를 살아오면서 계속 일을 하며, 지금도 건강한 생활을 하고 있다고 밝은 표정으로 말했다.

"어째서 사람들은 모두 부자가 되는 것을 자기의 임무인 양 안달을 하는지 몰라요."

이 말은 필자가 해석한다면 인간은 전력을 다하여 일해야 한다는 의미로 받아들이고 싶다.

하지만 육체나 정신을 너무 혹사시켜서는 안 된다. 그리고 부자가 되기 위해 일하는 것이 아니라, 삶이 자기의 의무이며 행복이므로 일하는 것이다.

인생의 큰 목적은 인류와 사회를 위해 좋은 일을 하는 것이고, 사회의 근본 목적은 공동체의 일원으로써 능력을 증강시키는데 있다.

남편과 아내라는 동일한 지점에서 출발한 결혼생활의 목표는 가정을 통해 지상을 천국으로 꾸미는데 있다. 부부가 재산을 늘리려고 밤낮으로 뛰어다닌다면 이는 수준이 낮은 부질 없는 목표이다.

그러나 자기가 마땅히 할 수 있는 일인데도 손가락 하나 까딱하지 않고 기회만 있으면 놀기만 하려는 여자보다는 돈 버는 일에 욕심이 많은 여성 쪽이 훨씬 낫다.

어머니가 매사에 게으르고 가족에 대한 애정을 가지고 있지 못하면, 그 자식에게까지 금방 버릇이 옮겨간다. 아무리 가벼운 일이라도 끝까지 마무리를 짓지 못하면 하는 일마다 의욕을 보이지 못한다.

그러나 대개의 여성은 시작해 보기도 전에 처음부터 단념해 버린다. 이러한 여성의 대다수는 가족의 식사시간은 늘 뒤로 미루고 계획 없는 여행이나 방문을 일삼는다. 마침내는 좋지 않은 일이 되풀이되는 삶을 이어가는 고통이 뒤따른다. 뒷마무리를 하지 못한 채 남아 있는 일은 언제나 그녀의 생활과 자신을 압박하는 공격의 무기다.

제아무리 부유한 금전적인 여유를 갖고 있더라도 게으르다면 계획된 생활이 주는 삶의 의미를 느낄 수 없다. 필요하기 때문에 해야 할 일마저 기피한다면 자기 자신을 스스로 낭비하고 있을 뿐이다.

일이 없는 인생은 의미가 없다. 그러므로 지위나 신분에 관계없이 무절제하고 생활의 리듬을 스스로 포기한 여성은 어떤 경우에도 좋지 않은 불행한 삶을 초래하게 된다. 진정 아름다운 여성의 모습은 가족을 위해 노력하고 헌신하는데 있다.

한창 성장기에 있는 소녀가 훗날 성숙된 여자로서 일을 잘할 수 있는가의 여부를 누가 미리 알 수 있겠는가? 귀여운 미소와 매력적인 입술로 자신의 아름다움을 과시하려는 여성, 즉 사랑하는 여성이 일을 잘 하는 사람인지 아니면, 나태하고 게으른지를 쉽게 확인하거나 판단할 수는 없을까?

이러한 분별이 비교적 어려운 것은 이성과는 거의 관계가 없는 문제이기 때문이다. 왜냐 하면 이성에 대한 맹목적인 사랑은 상대의 장점과 단점을 구별하기 어려운 감정의 흐름 때문에 분별력을 잃는다. 그러나 이러한 상태일지라도 어느 정도 올바른 판단을 하기 위해 도움이 되는 주의점이 몇 가지 있다.

이해를 돕는 예를 들어보자.

세 자매 중에서 한 여자에게 구혼을 청한 젊은이가 있었다. 젊은이가 어느 날 청혼한 여자의 집을 찾아가자, 마침 세 자매 모두가 집안에 있었다.

그때 한 자매가 다른 두 형제를 향하여 이렇게 물었다.

"도대체 바늘이 어디에 있지?"

이 말을 들은 젊은이는 예의에 벗어나지 않은 행동을 취하며 일찌감치 그녀들의 집에서 물러나왔다.

그 이유는 여자라면 자기가 늘 사용해야 할 바늘조차도 갖지 못하고 함께 쓰는 아가씨들, 게다가 그 바늘이 어디에 있는지조차 모르는 여자라면 두 번 다시 생각하지 않기로 결심했다고 한다.

이것은 확실히 지나친 무관심한 태도를 보여주고 있는 사람의 예다. 독신 때 한 개의 바늘을 세 사람이 공동으로 사용하면서 만족하고 있다면, 결혼을 한 후에는 함께 도구를 사용하지 못할 것이 아닌가.

그런데 문제가 되는 것은 이와 같은 작은 일이 연인 사이의 눈이나 귀에 결코 들어오지 못하는데 원인이 있다. 앞에서 말했듯이 주의만 하면 상당히 바른 판단을 내릴 수 있는 좋은 방법이 있다.

말하는 속도가 느린 여성은 성격상의 결함으로 일을 잘하지 못한다. 왜냐 하면 말수가 적은 것이 아니라 말하는 속도가 느리고 이야기를 한다기보다 언어를 구사하며 속삭이듯이 표현하는 사람이기 때문이다.

일을 잘 하는 여성은 대개 말씨가 분명하며 음성도 힘차고 확실하다. 가라앉은 그러나, 더듬거리는 소리가 아니라 매우 여자다운 말씨에 확실하고 똑똑한 음성이다.

관찰력이 뛰어난 사람은 음식을 먹는 태도로 아이들의 성격이나 기질을 어느 정도 정확하게 파악할 수 있다고 한다.

이 말은 옳은 말이다. 음식을 먹을 때에 잘 씹지 않고 그대로 삼키는 아이와 천천히 먹는 아이와는 성격이 크게 다르다는 것은 너무도 분명하다. 배고플 때에는 어느 아이나 빨리 먹지만, 그들의 속도 차이는 크게 변하지 않는다는 것을 엿볼 수 있다.

두 번째, 빠른 걸음걸이는 일을 잘하는 여성의 표본이다. 그리고 어느 정도 무게가 있는 걸음걸이는 마음씨가 따뜻하고 친절한 인품을 가진 사람이며, 걸을 때 자세를 약간 앞으로 기울여 앞쪽을 똑똑히 바라보며 걷고 있다면, 그것은 목적지를 향해 당당히 가고 있다는 의지에 넘쳐 있다.

한편 전혀 관심이 없는 듯이 어슬렁어슬렁 걷고 있는 여자라면 목표는 물론 신념조차 없다. 이와 같은 아가씨에게 타는 듯한 불변의 애정을 기대해 보았자, 때는 이미 늦어버린 후다. 이미 자기의 잘못을 깨닫게 될 때면 깊은 후회만 남을 뿐이다.

성격은 평생 바뀌지 않는 인간의 바탕이다. 그러므로 이와 같은 나태하고 신념이 없는 여성과 결혼을 하게 되면 냉담한 아내, 무능한 어머니가 되고 남편에게는 물론 아이들에게도 별로 사랑 받지 못하는 것이 보통이다.

한편 가족들에게 고맙다는 마음가짐도 결여되어 있다. 그러므로 노후에 이르면 심한 우울증에 시달리거나 자기 상실감에 빠져 불행한 나날을 보내게 된다.

금전 감각은 생활의 필수 조건이다

검약은 사치의 반대이다. 구두쇠의 본보기이거나 가난하다는 것을 뜻하는 말은 아니다. 불필요한 비용을 절약하고 분에 넘치는 물건에 연연하지 않는 검약은 생활 정도와 그 차이에 관계없이 결혼 상대자를 고를 때 매우 중요한 조건이다.

필요 이상의 물건이나 돈을 너무 많이 가지고 있는 부유한 사람에게는 그것을 어떻게 사용할 것인가가 고통의 씨앗이 된다. 감당할 수 없을 만큼의 땅을 가지고 있음으로 해서 무분별한 아내의 사치를 위해 낭비한 나머지 패가망신해 버린 사람이 얼마나 많은가?

남자의 사치가 원인이 된 경우가 오히려 많겠지만, 한 집안의 재산을 절약하고 유지하는 가정 주부가 낭비벽이 심하기 때문에 불행을 가져오는 경우가 더 많다.

이렇듯 부유한 재산가일지라도 낭비는 파산을 초래하게 되는데, 보통 가정의 아내가 절약하지 않으면 어떻게 되겠는가? 대개의 가정이 그렇겠지만 아내가 수입 지출의 재정권을 가지고 있는 경우라면 더 치명적이다.

그런 가정에서의 무분별한 낭비는 파멸의 지름길이다. 파멸의 원인은 낭비에 있는 것이므로 부부가 다 함께 노력하지 않으면 안 된다.

낭비가 심한 아내에 대해 방위 수단을 쓰기란 매우 어려운 일이다. 그러나 맹목적인 사랑 때문에 완전히 눈이 멀어버리지만 않는다면 상대 여성의 분별없는 낭비적 경향을 알아보는 방법은 간단하다.

입는 옷이나 작은 일에도 자제하지 못하는 여성이라면 결혼 생활을 감당한다는 것은 무리다. 그녀의 분수에 맞지 않는 사치로운 생활로 하여 아무런 생각없이 최고급 물건을 구매하고 불필요한 유행에만 자신을 맡긴다면, 그러한 성품은 평생 버리지 못할 것이라고 단정해도 좋다.

그녀가 호화스런 음식이나 가구, 오락을 즐기는 일부 부유층의 화려한 의상에 감탄하여 자신도 그와 같은 생활을 동경한 나머지 뒤쫓으려 한다면, 남편이 지갑을 쥐고 있다고 하더라도 감당할 수 없을 것이다.

그러므로 만약 그녀로부터 헤어지자는 말을 들으면 될 수 있는 대로 빨리 정리하는 편이 현명하다. 왜냐 하면 사치병은 완치시킬 수 없는 난치병이기 때문이다.

여성의 낭비벽은 입고 있는 옷은 물론 귀걸이나 브로치, 목걸이, 그밖의 모든 종류의 장신구를 보면 쉽게 알 수 있다. 이와 같은 장신구는 호화로운 옛 궁전이나 파티 장소 같은 곳이라면 어울리겠지만, 평범한 가정 주부가 몸에 지니고 있으면 오히려 숨기고싶은 가난함을 나타내는 자기 과시가 될 뿐이다.

평범한 생활자로서 값진 보석류를 몸에 지니고 있는 여

성은 오로지 못할 나무에 오르려고 안간힘을 쓰고 있는 모습과 같다.

이러한 성격의 여성과 결혼하는 것은 불행의 지름길을 스스로 선택하는 것과 같다. 재산의 축적은 물론 평화스런 생활도 바랄 수가 없다. 그녀를 위해 열심히 일하라는 보답으로 차를 사 주면 보다 더 좋은 차를 원하고 또 그것을 사 주면 이번에는 값비싼 외제차를 요구한다.

비록 그것까지 사 주었다 해도 여자는 또 다른 욕심을 내기 마련이다. 남편이 아니면 자기 자신 어느 쪽이 죽을 때까지 이와 같은 요구는 끊임없이 되풀이될 것이다. 이런 상태가 계속되는 한 남편은 몸과 마음을 쉴 틈이 없다.

우리의 이성은 그녀에게 남보다 나은 1등은 될 수 없다는 점과 일을 하다가 미처 끝마무리도 하기 전에 그만두어 버리는 것은 스스로 자신의 삶을 포기하는 것과 같다는 사실을 가르쳐 준다.

그러나 이성과 사치는 결코 경쟁하지 않는다. 값싸고 번득거리는 금속 장신구를 몸에 지니면 아름답게 보이기는커녕 오히려 자신의 모습을 추하게 할 뿐이다.

그러한 자기 결핍을 모르는 여성은 머지 않아 후회하게 된다. 오늘날 과소비를 자극하는 어처구니 없는 풍조에 대비하는 슬기로운 삶의 지혜로 대처해 나갈 만한 여성이 아니라면 남편이나 가족들로부터 신뢰를 받을 자격을 잃게 된다.

휴식 장소를 꾸미는 여자의 지혜

마음씨가 좋은가 나쁜가를 결혼 전에 확인하기란 매우 어려운 일이다. 단순히 웃음진 얼굴 정도는 필요에 따라 얼마든지 연출해 보일 수 있기 때문이다.

사랑스러운 연인이라면 곰보도 볼우물같이 매력적으로 보인다는 것이다.

마음씨가 좋다는 표현은 느긋한 성질이나 어떤 일에도 동요하지 않는 성격을 가리키는 것은 아니다. 오히려 그것은 게으른 자의 표상이다.

게으르고 뻰뻰스러운 성격의 여성에 대해 파악할 수 없을 정도로 사랑에 눈이 어두워져 있지 않다면 반드시 피할 수 있다. 그런 성격의 여성이라면 대범한 남자라도 보기가 싫은데 같은 여자라면 더 말할 필요도 없다.

하물며 그와 같은 관계를 유지하면서 항상 생활을 함께 해야 하는 상대, 즉 자기의 아내라면 어떻게 되겠는가? 자나깨나 함께 식탁에 앉아야 하며 같은 방을 쓰면서도 일주일 동안 한마디의 말도 나누지 않는다면 어떻게 되겠는가? 일주일 동안 계속해서 바가지를 긁는 당함도 싫지만 벽을 쌓고 남남처럼 생활하는 것보다는 낫다.

불행하게도 자신의 연인이 그러한 성격이 엿보이는 경우라면 주의를 기울여 관찰해 그 조짐을 미리 알 수 있다. 필연코 가족을 대하는 행동이나 당신과 함께 있을 때 그러한 태도를 은연 중에 내보일 것이다. 이러한 성격은 결혼을 한 후에도 아무런 변화없이 지속된다.

옆에서 적당한 충고의 말을 해주어도 반성하는 기색은 보이지 않고 화를 내거나 끝내는 그것이 원인이 되어 불화감만 조성하게 된다. 자기 자신의 잘못을 합리화시키기 위한 수단으로 무작정 화를 내거나 이치에 맞는 불평을 말할 수 없으므로 겉으로 나타내는 것이다.

이런 경우의 치료법이란 그저 참고 내버려두는 것이 좋은 방법이다. 그러나 치유할 수 없는 병을 집안으로 가져오지 않도록 하는 것이 더 현명한 방법임을 명심하기 바란다. 그러므로 이런 병이 있는 사람과의 결혼은 스스로 불 속에 뛰어드는 것과 같다.

매사에 불평이 많은 성품도 큰 결점이다. 누군가 곁에서 끊임없이 불평만 늘어놓는다면 견디기 어려울 것이다. 하지만 상대 남자가 시간을 지키지 않는다든가, 태도가 너무 냉정하다든가, 관심을 보이지 않는다든가, 다른 여성에게 호기심을 보이고 있다는 점에서 불평을 하는 것은 그래도 나은 편이다.

충분한 근거가 있는 불평이라면 두 사람의 관계를 원만히 지속시키기 위해 오히려 새로운 출발점이 될 수도 있다.

그러나 아무 이유도 없이 불평만 한다면, 그것은 나쁜 조짐이다. 이는 참을성이 없고 생각이 깊지 않다는 것을 뜻한다.

"다음에 언제 올 거죠? 항상 시간이 없다고 하면서…. 나보다 더 좋은 사람이 있는 게 아녜요?"

하고 아무 근거도 없이 매사를 확인하려고 드는 여성은 귀찮은 존재로 기억될 뿐이며 거리감까지 생기게 마련이다.

그러나 그런 태도와 정반대로 냉담한 성격의 소유자는 더 좋지 않다. 항상 똑같은 표정으로 예의바른 웃는 얼굴로 맞이하고 상대가 무분별하게 행동해도 조금도 내색을 하지 않는 가면의 여성, 때때로 손을 잡아도 막대기와 같이 아무런 감정을 나타내지 않는 여성은 이제 그만 '안녕'이라고 말하는 것이 좋다.

자기 자신의 주장을 지나치게 강조하는 성격이라면 누구에게나 결점이 되는데, 특히 젊은 여성에게 있어서는 큰 단점이 될 수 있다.

고집은 누구나 나이가 들수록 더 심해지는 경향이 있다. 상대의 말을 가로막고 자기 말만 내세우며 공치사에 넋을 잃는 사람은 마음의 병을 앓고 있는 사람이다.

어느 누구보다도 배우자의 성격이 그렇다면 매우 곤란한 일이다. 처녀 시절에 조금이라도 그런 점이 엿보였다면 결혼한 후에도 그와 같은 성격은 더욱 굳어진다.

어쩌면 이론만을 내세우기를 좋아하는 여성이라면 또한 불쾌한 반려자임이 분명하다. 집안의 어른들과 대화를 나누고 있는 도중 옆에서 말참견을 한다든가 거침없이 자기 의견을 말하고 논쟁을 하려는 아가씨를 자기의 아내로 삼으려는 젊은이가 있다면, 이는 매우 모험적인 남성임에 틀림없다.

가정을 어둡고 전쟁터로 만들지 않으려면

사람의 결점 중에서도 음산한 성질은 매우 나쁘다. 대개의 남성은 음산하고 우울한 여성을 싫어한다. 그러한 여성이 매력적이어서 결혼한다면 곧 후회하게 될 것은 틀림없는 사실이며, 일생을 함께 하기란 거의 불가능하다.

이런 여자를 삶의 동반자로서 아내라는 존재로 함께 생활을 즐긴다는 것은 결코 바랄 수가 없으며, 자신의 생활도 제대로 이끌어갈 수 없다.

결국 이와 같은 여자를 만난 남자는 삶의 절반 밖에 살지 못하는 셈이 된다. 그러면서 답답한 인생으로부터 언제 해방될 것인가 하고 한탄할 뿐이다.

이러한 성품의 여성은 남편이 곁에 있을 때에는 음산하지만 남들과 함께 있는 자리에서는 태도가 완전히 바뀌어 얼굴에 웃음을 띠고 쓸데없이 웃거나 장난도 친다.

그러나 다음 순간에는 갑자기 침울해져서 읽은 소설의 내용을 떠올리며 울기도 한다. 이와 같이 동요가 심한 여자를 가리켜 흔히 정서가 풍부하다고 예찬하며 감수성이 예민한 예술 취향적인 성격으로 그릇된 판단을 하게 된다.

남자 쪽도 같은 마음의 병으로 즉, 천성적으로 우울한 성질을 가지고 있는 사람이라면, 감정의 변화가 너무 심한 여자라면 결혼하지 않는 쪽이 바람직하다.

물론 경우에 따라서 우울해지는 여성은 많지만 선천적으로 타고난 성격이라면 경계해야 한다. 그녀들은 항상 과거, 현재, 미래에 대해 불행을 예견하고 있다.

이런 여성들을 위한 특별한 치료법이 있다면, 다른 가정보다 많은 수의 자녀를 낳고 아이들의 양육에 심혈을 기울인다면, 어느 정도 자신의 우울증을 극복할 수 있을 것이다.

아이가 없는 여성이라면 가난이나 현실적인 고생, 고민 등을 적절히 해결하려고 노력할 때 좋은 자기 치료의 시발점이 될 것이다.

공을 세우려고 덤빌 필요는 없다. 세상에 나가 그릇된 일이 없었다면 그것으로서 훌륭한 공이 있는 것이다 | 채근담

행복을 배로 늘리는 것이 참다운 여자의 교양이다

교양을 지니고 있다는 뜻은 보통 고상한 교육을 받은 것으로 판단하기 쉽다. 물론 이 주제를 뒤로 돌린 것은 여성의 교양을 경시하기 위함이 아니다. 여성의 교양은 매우 높이 평가해도 모자랄 일이다. 그러므로 교양의 중요성이 과대 평가되었다는 말은 없다.

나는 학자인체 하는 남성은 물론 그와 유사한 여성도 좋아하지 않는다. 또 신문이나 잡지에 실려 있는 쓸데없는 기사를 놓치지 않고 열심히 읽는 사람의 습성도 좋아하지 않는 편이다.

그러나 정신적인 수양이나 고상한 지식은 앞에서 설명되어진 것처럼 아내의 조건과 함께 매우 가치 있는 일이며, 모든 여성과 주위 사람들의 행복을 배로 불려주는 원천력이 된다.

자기가 소화할 수 있는 적당량의 책이나 음악, 미술 등에 열중하여 정서 생활에 관심을 기울이지 않는 한 보다 중요한 것을 소홀히 하게 되면, 여성은 한 남성으로부터 사랑을 받거나 존경을 받기보다는 오히려 주위 사람들로부터 경멸을 당하게 마련이다.

비슷한 성격의 사람들 끼리 부부가 된 것을 종종 볼 수 있다. 그러한 부부는 결혼 전보다 두 배의 불행을 가져올 확률이 높다.

하루 종일 책상 앞에 앉아 새로 발간된 매력적인 책에 열중한 나머지 모든 육체적인 욕망을 잊고 있는 어느 인텔리 부부를 나는 알고 있다. 과연 그들은 그와 같은 생활에 만족하며 행복감을 느끼고 있을까?

실생활에 필요한 가정교육은 한 여성의 기본이며 독서나 미술 등등의 정서적인 교양은 당연히 여성이 갖추어야 할 적절한 부분이라고 여겨야 한다. 한편 교양은 어떤 생활 환경 중에서도 가장 필요한 삶의 향기이기도 하다.

사교춤에 대해 필자로서는 더 이상 언급할 자격이 없다. 사실 사교춤은 거부하고 싶은 생각이다. 어쨌든 교양을 몸에 익히고 있는 여성이라면 사교춤 정도는 배우지 않았더라도 별로 서운해 할 필요는 없을 것이다.

제7장 | 인간답게 산다

자신의 존재에 가치가 있다고 믿는다

훌륭한 친구를 갖는 의미

젊은이들에게는 이성 친구도 소중하지만, 그에 못지 않게 현실적으로 중요한 것은 동성의 친구와 되도록 많이 사귀어 자기 사람으로 만드는 일이다.

좋은 친구와의 만남은 자기 자신을 향상시키고 장차 유능한 인물이 되기를 바라는 마음이라면 무엇보다도 성실한 자세로 친구를 영입해야 한다.

그러므로 친구를 사귈 때는 세심한 주의가 필요하다. '그 사람을 평가하려면 사귀고 있는 친구를 보라'는 말이 있다. 친구로부터 가장 많은 영향을 받는다는 것이 대부분 사람들의 경험이 증명해 주고 있음을 지적한 말이다.

그런데도 사람들은 이와 같은 평범하고도 훌륭한 교훈을 무시한 나머지 돌이킬 수 없는 고통을 당하는 사람들이 의외로 많다. 그 중에 가장 적절한 예를 한 가지 들어보기로 하자.

매우 착실하고 내성적인 젊은이가 친구를 믿고 아주 낯선 곳으로 이사를 했다. 그런데 그가 알고 있는 친구는 주위 사람들로부터 경멸을 받고 있는 인물이었다.

이 세상에서 어느 누가 한 사람도 알지 못하는 낯선 곳에서 외로움을 참고 견디면서 살아갈 수 있겠는가. 그 젊은이 역시 별 수 없이 친구와 함께 의지하며 지내지 않으면 안 되었다. 다른 친구들이 앞일을 걱정하여 여러 가지로 충고를 했음에도 불구하고 말이다.

오늘날 많은 젊은이들이 세상을 살아가는 지혜와 슬기를 모르고 시행착오를 거듭하며 자가당착에 빠져 있음은 슬픈 일이다.

물론 앞의 젊은이도 자신의 마음과 행동은 결백하니까 주위 사람들로부터 따돌림을 받고 있는 친구와 함께 지내도 별다른 피해가 없을 것이라고 막연하게 생각을 했을 것이다.

어쩌면 자기 자신이 오히려 그를 올바른 길로 이끌어 줄지도 모른다는 안일한 생각을 했을지도 모른다. 아무튼 그 친구만이 서로의 입장을 부담없이 이야기할 수 있는 상대였으므로 그는 계속 그와 함께 지냈다.

비록 이 젊은이가 방탕자일지라도 마음만 고쳐먹으면 최고의 남편이 될 것이라 믿고 결혼한 여성과 꼭 같은 꼴을 당하게 되었을 것이다. 그러므로 처음부터 마음씨가 나쁜 사람을 바로잡기가 얼마나 어려운가를 절실하게 느끼게 해주는 대목이다.

이처럼 잘못된 친구와 사귄 탓으로 자신이 소속해 있는 사회로부터 소외당하고 인심을 잃게 되는 불행한 삶을 살아가지 않으면 안 된다. 이 이야기는 친구를 사귈 때는 심사숙고하라는 뜻을 가르쳐 주고 있다.

물론 성직자나 교사들, 그런 일에 종사하는 전문가라면 비록 나쁜 사람들 틈에 섞여 그들을 교정하려는데 목적이 있다면 별다른 위험성은 없을 것이다.

예수는 죄인들과 음식을 나누어 먹으며 함께 생활했다. 그러한 그의 행동은 그들을 구원하기 위한 하나의 선택 방법이었다는 사실을 사람들은 잘 알고 있다. 그런데도 세상의 눈길은 비판적이었다.

결국 죄지은 자들을 대신해서 죽음을 당할 수밖에 없는 불행한 생애를 마쳤던 것이다. 인간은 모방하는 동물이며 자기와 교제하고 있는 동료의 태도나 표정, 심지어는 버릇이나 생각까지도 쉽게 모방하는 습성이 있다. 즉 '근묵자흑 近墨者黑'이다.

이 말을 제대로 이해하고 있는 사람은 드물다.

젊은이가 품행이 좋지 않은 친구를 사귀게 되면 세상으로부터 질책의 말을 들을 뿐만 아니라, 자기 자신이 처음부터 지니고 있던 좋은 점까지도 잃게 된다.

일반 사람들이 말하는 착한 사람보다는 가급적이면 다소 거친 면이 있더라도 자신의 잘못을 솔직히 인정하고 반성하는 품성을 지닌 사람을 친구로 삼는 것이 더 바람직하다.

이 경우는 주위 사람들이 무조건 좋지 않은 선입견을 갖고 있는 것보다 다행한 일이다. 사람이 살고 있는 곳이라면 진실하고 가치 있는 친구로 이끌어가는 사람이 있게 마련이다.

가치 있는 진실한 친구란 완전한 인격자를 말하는 것은 아니다. 그러므로 완전무결한 인간은 이 세상에 존재할 수 없다. 그것은 인격적으로 크게 성장시켜주는 인품을 지닌 사람이라는 뜻이다.

꼭 친구를 많이 가질 필요는 없다. 알고 지낼 사람이 많을수록 좋지만, 일생 동안 친하게 사귈 수 있는 친구는 오히려 적은 편이 낫다. 정말 친구라고 부를 만한 사람과 한 명이라도 사귀고 있다면 비교적 행복한 사람이다.

결점을 관대하게 봐주는 것이 우정은 아니다

참다운 우정이 어떤 것인가에 대해서는 쉽게 설명할 수 있을 것 같지만, 사실은 제일 어려운 문제이다. 젊은이들의 경우라면 더욱 그렇다.

우정이란 상대방의 행동에 의해 좌우된다고 생각하는 것이 요즘 젊은이들의 통상적인 개념인 것 같다.

그것은 다정다감한 그들의 감정 때문일 것이다. 그러나 가깝게 사귀고 있는 친구가 많다고 하더라도 그 중에서 생사고락을 함께 나눌 만한 친구가 한 명이라도 있다면 행복한 사람이다.

진실한 친구라면 역경을 당했을 때 그 증거를 보여줄 것이다. 그러므로 단순한 상냥함과 친절을 우정의 증거라고 생각해서는 안 된다.

물론 우리는 항상 명랑하고 상냥해야 한다. 주위 사람들의 친절함, 마음으로부터 우러나오는 따뜻한 미소를 보고 즐거워하지 않는 사람이 어디에 있겠는가. 모두가 명랑한 태도로 상대를 대한다면, 우리는 항상 밝고 행복한 삶을 살아갈 수 있다.

상냥하고 명랑한 얼굴과 친절한 말은 분명히 우정의 표

현 방법이며 최소한 그런 점이 있어야만 우정은 가장 바람직하게 형성되고 발전되는 것도 사실이다.

그러나 『논어』에 이런 말이 있다.

'교언영색 선불인巧言令色 鮮不人'

즉 아무리 달콤한 말과 상냥한 태도로 대해 주는 사람도 거기에 인仁이 없으면 진실한 친구라고 말할 수 없다는 뜻이다. 진실한 우정에는 그 이상의 의미가 곁들어 있어야 한다는 말이다.

미소나 친절한 말의 가치와 효능에 대해서는 누구나 다 잘 알고 있으므로 그것을 미끼로 하여 가면을 쓴 사람이 수없이 많다.

첫 만남에서부터 무뚝뚝한 얼굴에 퉁명스럽게 말한다면 상대편에게 불쾌감과 좋지 않은 인상을 주게 된다. 그런 태도로 변함없이 살아간다면 주위 사람들로부터 환영을 받기는커녕 늘 따돌림을 당하게 마련이다. 그렇다고 마음에도 없는 억지 웃음에 아양을 떠는 태도는 더욱 거부감을 불러온다.

그리고 첫 대면 때부터 친밀하게 접근해 온다든가 공치사를 하는 사람은 대개 뭔가 딴 생각을 가지고 있음이 분명하다.

생명이나 재산, 명예와 같은 명확한 노림은 없을 지 모르지만, 그런 사람은 기회만 있으면 무엇보다도 먼저 자기 실속을 채우려고 하는 근성을 가지고 있다. 거듭 강조하지만 진실한 친구라면 그 증거를 행동으로서 보여준다.

대개의 친구 관계란 말로서 표현하지만 행동으로 실천하

기란 매우 어렵다. 그러므로 언행이 일치하지 않게 된다. 한편 그 증거를 어떤 방법으로 나타내 보일 것인가는 매우 어려운 문제이다.

나무는 달린 열매를 보고 평가된다고 하는 말은 모두 이에 해당되는 말이다. 인간의 우정도 그렇다.

진실한 우정이란 표정이나 말뿐만 아니라 행위의 결과에서 나타난다. 단순히 말의 표현이 아니라 행동이 함께 하는 관계가 바로 우정의 참 모습이다.

일반에게 하나의 지표처럼 널리 알려져 있는 몇몇 훌륭한 우정에 관한 이야기는 유익한 교훈을 보여주는 반면, 그대로 받아들이면 오히려 해로운 면도 있음에 유의해야 한다.

다몬과 브티어스의 이야기는 그 전형적인 예다.

이 이야기의 내용은 모함을 받고 사형선고를 받은 친구 브티어스를 위해 다몬은 자진해서 인질이 된다. 잠시 집안일을 정리하기 위해 브티어스를 집으로 돌려보내려 했던 것이다.

그러나 돌아오겠다는 약속 시간이 가까워져도 브티어스는 돌아오지 않는다. 그래서 왕은 인질로 잡혀 있는 다몬을 대신 사형에 처하려고 할 때 가까스로 브티어스가 사형장에 나타난다.

왕은 이를 보고 두 사람의 깊은 우정을 가상히 여겨 죄를 용서했다는 이야기이다. 이런 이야기는 우리들의 시선을 일상적인 생활이나 대화로부터 멀어지게 한다.

너무나 세속에 물들어 있는 우리들은 서로의 결점, 특히 사소한 잘못을 관대하게 봐주는 상대를 최선의 친구라고 생각하고 있다는데 문제가 있음에 유의해야 한다.

다몬과 브티어스는 서로를 위해 기꺼이 죽기로 작정했지만, 과연 서로를 위해 살고 있는가는 분명치 않다.

또 한편 그들은 서로의 잘못을 고치고 결점을 바로잡아 인격을 가장 높은 데까지 성장시키려고 노력하였는지 그에 대해서는 알 길이 없다.

진솔한 부딪침에서 생기는 부모 자식간의 우정

진실한 우정이라고 부르기에 가장 알맞은 관계는 무엇보다도 자애로운 부모가 자식을 대하는 우정일 것이다. 부모 이상으로 자식의 결점을 잘 알고 있는 사람은 없다. 그러므로 자녀에 대해 진실한 친구의 입장에서 희생적일 수 있는 사람은 부모 이상의 적임자는 없다.

그렇다고 세상의 모든 부모들이 자녀의 진실한 친구로서의 구실을 다 하고 있다고는 단언할 수 없다.

그 중에는 자의든 타의든간에 혹은 생활에 쫓긴 나머지 자녀들에 대한 우정을 표현할 틈이 없는 부모도 있다. 또 자녀를 너무나 사랑한 나머지 그들의 결점을 보지 못하는 부모도 있다.

진실한 우정이 어떤 것이며, 상대는 물론 자신에게 어떤 책임이 있는가에 대해 전혀 모르는 사람이 훨씬 더 많다.

그러므로 젊은이들은 지금 당장이라도 부모에게 우정을 요구해야 할 권리가 있다. 그러나 부모이지만 아버지와 어머니, 어느 한쪽을 더 좋아하는 경우가 있다. 여기서는 부모에게 진실한 우정을 어떻게 진솔하게 요구해야 하는가를 말해 두고자 한다.

진솔한 마음으로 부모에게 가까이 다가가면 이제까지 별로 좋아하지 않았던 자세를 버리고 마음을 바꾸어 맹목적인 사랑이 아닌 가장 믿을 수 있는 삶의 동반자인 친구로서 관계를 유지하게 될지도 모른다.

아버지나 어머니 그 어느 한쪽이 자식을 지나치게 사랑한 나머지 그들의 결점을 전혀 모르게 되는 위험성이 이 경우에는 확실히 적을 것이다.

진실한 우정이란 믿음을 가질 수 있는 습관을 부모 스스로가 갖게 될 때까지는 매우 어렵고 다소의 시간을 필요로 한다. 그래도 이쪽에서 꾸준히 노력하면 틀림없이 부모의 태도에 변화가 나타날 것이다. 이때 자녀에 대한 새로운 교육열이 높아지면서 신뢰와 불신의 장벽이 무너진다.

물론 부모의 능력이 자식에 대한 전부는 아니다. 참다운 친구가 되어주는 부모는 매우 귀중한 보물과 같은 존재이다. 세상에는 이러한 보물을 가지고 있는 젊은이들이 많다. 늘 아버지와 조용히 마주 앉아 자신의 고민과 속마음을 털어놓는 젊은이의 모습은 아름답다.

이렇듯 자기의 부모에게 참된 우정과 신뢰감을 가지고 행동으로 옮기는 행위는 결코 쉬운 일이 아니다. 무엇보다도 부모의 감정과 기분을 이해하려는 노력이 대부분의 자녀들에게서 찾아볼 수 없음은 안타까운 일이다.

자식이 부모의 진정한 친구 같은 사이가 된다는 것은 매우 어려운 일이다. 부모가 먼저 손을 내밀어도 대부분의 젊은이들은 기꺼이 받아들일 방법을 모르고 망설인다.

이와 같이 모든 면에서 자식의 참다운 친구가 되는 가정

교육을 새로운 각오로 활용한다면 젊은이들은 어렸을 때부터 부모와의 진정한 우정을 맛보게 될 것이다. 이와 같은 행복에 길들어진 젊은이라면 나중에 자기 자신이 부모의 입장에 놓여졌을 때 자녀들을 위해 자기가 어렸을 적에 받은 것처럼 행복한 친구 관계를 유지해 나간다. 가정 안에서 이와 같은 아름다운 인간관계가 이루어진다면 얼마나 매력있고 훌륭한 삶의 모습이겠는가!

그러한 가정에서는 부모뿐만 아니라 형제 사매들도 친구와 같은 가정이 유지될 것이다. 참다운 우정으로 대해 주는 형제자매는 자기 자신의 행복이다. 이익을 벗어나 가족 한 사람 한 사람에게 신경을 써주고 때로는 희생을 감수하면서까지 경제적으로 도우며 성장을 기원해 준다.

건강한 생활의 근원이 되는 가정 안에서 이와 같은 화목이 근거가 되어, 그것이 더욱 발전하면 건전한 사회에 인류 전체의 형제애까지 아름답게 꽃피울 것이다.

자신을 진솔하게 보여주는 용기는 아름답다

젊은이들은 친구를 돌보거나 진정한 우정을 바라기는커녕 오히려 될 수 있으면 타산적으로 이용하려는 태도를 보여주어 자신의 품위마저 떨어뜨리는 경우가 많다.

더 심한 경우에는 형제에 대해서까지 어떻게든 이용하려 드는 것이 인간의 또 다른 모습이다. 물론 이런 일이 있어서는 안 된다. 그러므로 삶의 질을 높이려면 참다운 우정의 가치를 알아야 한다.

젊은이들은 참다운 우정의 본질과 그 가치를 주위 사람들에게 알리고 베푸는데 온 정성과 노력을 다 기우려야 한다. 미래가 밝은 청년들이야말로 이 사명을 이루는데 가장 알맞은 존재이기 때문이다.

50세, 60세라는 장년의 나이에 이르게 되면 우정이란 하나의 겉치레에 불과하다고 생각하게 된다. 이러한 사고방식은 세상이 그 전부터 변함없이 똑같은 세태로 이어져왔기 때문이다.

물론 모든 젊은이가 한결같이 순수하다던가 도덕적인 존재라는 것은 아니다. 다만 젊었을 때가 보다 감수성이 강하고 그만큼 마음이 굳어 있지 않다는 장점을 지니고 있다는 것을 뜻하기 때문이다.

현대는 젊은이들의 권리나 의무 등에 대해 여러 가지로 설명되어지고 있는데 그 대부분은 맞는 말이다. 과학이나 문학, 정치면에서의 젊은이들의 활약도 무시할 수 없다. 그런 점을 보더라도 젊은이들은 사회적, 도덕적, 종교적 방면에서도 많은 관심을 갖고 활약해야 한다.

경제적인 측면에서는 물론 지적 세계에 이르기까지 그리고 과학, 철학, 문학 등등은 지적 향상을 위해 필요한 기본 학문이며 자신의 삶을 풍요롭게 해주는 밑거름이 된다.

거듭 말하지만 자신의 결점이나 잘못된 행동, 가벼운 실수로 저지른 죄까지도 주위 사람들에게 숨기려들지 말고 솔직하게 고백한 다음에 이해를 구하는 것이 현명한 대인관계이다.

그것은 싸움터에서 부상당한 병사가 상처난 부위만을 군의관에게 보이지 않고 몸 전체를 자세히 진찰 받는 것처럼 젊은이들은 부모에게 자신의 성격과 감정에 이르기까지 모두를 낱낱이 알리도록 해야 한다.

독자 여러분도 인생 항로를 아무런 상처없이 무사히 지내온 사람은 거의 없을 것이다. 한 인간의 모습에는 나쁜 습관도 깃들어 있으며, 지금도 시기심과 질투와 무분별한 욕망으로 자신과의 끝없는 싸움을 되풀이하고 있을 것이다. 그 중에는 자신의 삶에 지대한 영향을 가져다줄 수 있는 중대한 것도, 한편으로는 그다지 큰 의미가 없는 내용도 있게 마련이다.

그러나 이러한 요소들은 모두 자신의 삶에 상처가 되는

불행의 싹이다. 어떤 것은 단점이나 결점이라 불리우고 또 다른 것은 죄가 되는 것일지도 모른다. 그것이 어떤 것이든 될 수 있는 대로 빨리 끝내는 것이 자신을 위하는 것도 되고, 당연히 그쳐야 할 의무이기도 하다.

이러한 대단한 일을 해 나가는데 있어서 도움을 주는 힘이 바로 참된 친구가 해야 할 역할이다.

부부간에도 참다운 친구 관계로 이어져야 한다. 부모나 형제자매 사이는 말할 것이 없다. 만약 이같은 든든한 친구 관계가 없으면 세상은 그야말로 삭막해진다.

인간의 가치가 무너질 때

자만심과 자기 자신을 올바르게 평가하는 것과는 전혀 별개의 문제라는 사실을 잊지 말아야 한다. 자기 자신을 올바르게 평가하는 것은 우리들의 당연한 의무지만 자만심은 불행의 길로 인도하는 첫걸음이다.

세상을 살아가면서 자기의 사명을 완수하기 위해서는 상당한 수준까지 자신을 올바르게 평가하지 않으면 안 된다. 자신의 존재를 너무 높게 인정하거나 낮게 비하시키지 말고 있는 그대로 진솔하게 평가하는 것이 중요하다.

대개의 사람들은 자만심에 힘입어 자기 자신을 과대평가할 뿐만 아니라, 그것을 큰 자랑으로 삼는 경우가 많다. 이런 사람들은 격조 높은 인격을 쌓기란 거의 불가능하다. 그러므로 자기 자신을 스스로 과대평가하여 세상에서 높은 값으로 사 달라는 것과는 별문제다.

젊은이들 중에는 자기를 실제보다도 높게 평가하는 것이 바람직한 일이라고 생각하는 편이다. 이것은 젊은이다운 올바른 판단이다. 청년들은 천성적으로 자유분방하여 때로는 열정적인 성격을 억제해야 한다고 기성세대들은 판단하고 있다.

그러나 어느 한쪽을 반드시 택해야 할 경우라면 젊은이들은 무분별한 행동을 억제하는 인내심을 익혀야 한다.

그렇다고 자신의 모습을 왜곡시켜 가장할 필요는 없다. 또 젊은이들의 사기를 높이기 위해 자만심을 권장하는 것이 옳은가? 억제하는 것이 좋은가는 그 어느 쪽에도 모두 좋은 점이 깃들어 있다.

인간은 이웃을 사랑하지 않으면 안 된다고 사회적 책임을 말하고 있다. 하지만 일부 사람들이 말하는 것처럼 자기 자신을 비하해서 생각하고 있다면, 그렇게 보잘 것 없는 존재인 자신을 스스로 어떻게 사랑할 수 있을까. 만약 이웃에 대한 사랑을 자신의 편협한 좁은 마음의 잣대로 잰다면 이웃 사랑을 과연 행할 수 있을까?

다행스럽게도 이 책은 그러한 어려운 문제를 논하기 위한 지침서가 아니다. 다만 이 기회를 통해서 젊은이들에게 아직도 모르고 있는 자기 자신을 제대로 평가하는 방법을 깨닫게 하려는데 목적이 있다.

세상을 살아가기 위해서는 자신의 참된 가치를 알려고 하는 용기를 잃어서는 안 된다. 인간의 육체에 대해 아무런 가치가 없다든가 무시해야 한다고 주장하는 극단적인 사람들도 있다. 그러한 냉소적인 태도에 빠져들지 말아야 한다. 육체의 가치를 높이 평가하고 건강에 유의하는 것이 진실한 삶에 도전하는 지름길이다. 왜냐 하면 건강한 육체에 건전한 정신이 깃들기 때문이다.

물론 여기서 육체의 일부분인 골격이나 근육의 발달에 대해 논할 생각은 없다. 자기 평가의 능력을 반드시 몸에 익혀야 한다는 것과 정신력 향상은 매우 큰 가치가 있지만, 육체를 향상시키는 것보다 먼저 정신을 향상시킨다는건 불가능하다는 점을 말하고 싶다.

육체가 가지고 있는 가치에 대해 여기서는 일반적인 통념보다 다소 강조하고 있을 뿐이다. 그러나 일반적으로 알려져 있는 육체에 대한 잘못된 통념에 언급하는 것이 이 책의 목적하는 바의 한 가지이다.

매일매일 육체를 단련하고 향상시켜 건강을 유지하는 쪽이 나약하고 아무 쓸데없는 육체로 타락시키는 것보다 얼마나 이로운가는 독자들도 잘 알고 있을 것이다.

때로 인간은 어리석을 만큼 지혜를 발휘하는, 아니면 자기라는 복잡한 존재에 대하여 이해하고 존경하면서 헌신적으로 평가할 수 있는 사람은 육체에만 매달려 정신을 약하게 하지 않으며 마음과 몸을 함께 향상시킨다.

이러한 태도를 간직하고 있는 사람이라면 관대함은 무조건 좋은 성격이라고 흔히 말하는 잘못된 생각은 하지 않을 것이다. 한편 지나친 자신에 대한 과잉보호는 마음과 몸, 모두를 약화시키고 더욱 불완전한 존재로 전락해 버린다는 사실도 함께 알고 있어야 한다.

일생에서 일을 생각하는 사람은 행복하다. 그에게는 다른 행복을 찾을 필요가 없기 때문이다
| 칼라일(영국)

세상에서 명예를 잃었을 때 무엇이 남는가?

불행에서 벗어나려면 젊었을 때부터 역경이나 고통에 익숙해져야 한다. 젊었을 때의 고생은 사서라도 해야 된다는 말은 그야말로 진리다. 그리고 귀여운 자식일수록 여행을 시키라는 격언도 있다.

젊은이들이 쉽게 일을 저지르고, 크고 작은 잘못에 대한 반성없이 자기 자신을 스스로 높이 평가하는 자만심이 자신의 인격을 비하시킨다는 사실을 제대로 모른다는 점이다.

물론 젊은이의 자만심은 때로 경쟁심을 불러일으키고 목표를 이루는 원동력이 되기도 한다.

최신 유행에 어느 만큼 가까운 몸치장을 할 수 있는가에 따라 자기의 가치를 측정하려는 젊은이들도 있다. 이 역시 젊은이들의 저지르기 쉬운 잘못 중의 하나이다.

그와 같은 무분별한 가치 기준을 정한다는 것이 얼마나 어리석고 부질없는 평가 방법인가. 옷이 날개, 자기 표현이라고 강변하지만, 도대체 자기 자신의 인격과 어느 정도 직접적인 관계가 있다고 단정할 수 있다는 말인가?

아니면 용모로 자기의 가치를 평가하는 어리석은 사람도 있다. 미모나 균형 잡힌 몸매로 자기 자신을 과대평가하여 외면적인 것만을 숭배하는 경향은 여성의 전유물이 아니다. 용모로 자기를 인정 받으려는 어리석은 짓은 당장 그만두어야 한다.

대다수의 젊은이들은 지금도 사회적 지위나 신분으로 자신의 가치가 정해진다고 하는 어리석은 생각을 갖고 있다. 민주주의가 발달한 사회에서 본질적으로 미덕을 자기 편의로 해석하고 행동하는 무분별함이 중요시되고 있는 것은 이상한 일이며, 오랜 기간 학교 공부를 끝내고 취업 시기가 되면 남녀를 불문하고 성형외과의 문을 두드리는걸 보면 쓴웃음이 터져 나온다.

인간의 가치를 정하는 것은 마음이다. 직업이나 직함으로 자기의 가치가 정해진다고 생각하는 어리석음은 실로 슬퍼해야 할 착각이다. 그러나 가장 어리석고 치명적인 잘못은 재력이 어느 정도인가에 비례하여 자기의 값어치가 정해진다고 생각하는 졸부 근성이다.

오늘날의 사회에서는 돈이 매우 숭배되는 경향에 있으며 젊은이들도 그 부모들처럼 돈을 버는 수완에 따라 자기의 가치를 인정하려는 위험함을 지니고 있다.

그러면서도 본인 스스로는, 특히 자기 아버지는 악의 근원인 돈의 노예이며 끝에 가서는 보통 사람들과 같이 빈 손으로 묘지에 묻힐 것이라는 사실도 잘 알고 있다.

또 한편 불행한 죽음을 당할지도 모른다며 속으로는 비웃고 있는 것이다. 그럼에도 불구하고 참다운 자기 평가를 어떻게 하면 좋은가를 전혀 모르고 있음은 어찌된 연유일까?

인간은 처음부터 하나님의 모습과 비슷하게 창조되어 육체와 지성과 마음의 3가지 요소를 정밀하게 조합시켜 만들어져 있다.

그러므로 인간의 가치는 창조주의 모습에 어느 만큼 가까운가에 따라 측정되고 평가된다는 것은 영원불멸의 위대한 진리인 것이다.

제8장 | 삶의 힌트

인생은 한 권의 책이다

삶의 모습

나뭇잎 사이로 속삭이며 내리는 빗소리의 아련함, 안개가 피어오르는 대지의 미미한 향기, 황혼 무렵에 들려오는 고요한 노랫소리, 파도에 흔들리는 외로운 흰 돛단배의 여음, 어둠 속에서 보석처럼 반짝거리는 먼 마을의 작은 불빛의 꿈같은 화려함, 산 속 호수에 한 폭의 그림처럼 피어나는 보랏빛 엷은 안개의 잔잔함, 깊은 골짜기의 적막감을 주는 텅 빈 도시의 일요일 거리…… 그 한적함. 우리가 잠시 발걸음을 멈추기만 하면 거의 잊어버렸던 지난날의 기억들이 되살아와 미래를 예감케 하는 순간이 늘 우리들의 일상 속에서 되풀이 된다. 이것이 삶의 모습이다.

인간이란 어떤 존재인가?

도대체 인간이란 어떤 존재인가? 그들은 생각하는 동물이다. 그러므로 다른 모든 존재에게 부여된 여러 가지 한계를 자유롭게 넘을 수 있다. 사고적인 동물이냐, 또는 현명하면서 어리석은 인간이냐? 사실은 그 모두를 동시에 지니고 있다.

그러므로 인간은 위험한 화학 물질을 이상적인 세계를 건설하기 위한 사도로 부릴 수 있고 새로운 창조의 도구로 삼을 수 있는 동물이다. 또한 우주를 횡단하는 다리를 놓을 수 있고, 과거를 현재에 연결시키고, 현재를 미래에 연결시킬 줄 아는 고등동물이다.

이렇듯 인간은 비상한 천재적 재능을 가진 동물인 동시에 한없이 어둡고 어리석은 동물이기도 하다.

순간순간이 우리의 삶이다

우리는 시계와 더불어 삶을 영위해 가는 것이 아니라 순간 순간 속에서 살아가는 유한한 존재이다. 우리가 살아가는 순간마다 째깍째깍 아로새기는 시계의 금속성 소리가 아니라, 우리의 순간은 자아가 타아에 대해서 또 다른 사물의 감각에 대해서 느끼는 경험이요, 인식이요, 진동이다.

우리는 과거를 회상할 때 측정된 시간의 연속으로 느끼는 것이 아니고, 여러 순간을 연속적으로 느끼는 존재다. 우리가 타인에 대해서 또 환경에 대해서 느낀 경험의 회상을 과거라고 한다.

어린시절을 회상해 보라. 우리의 마음 속에 남아있는 것은 여러 순간에 일어난 크고 작은 기억들이다. 과거에 경험한 정서의 힘에 의해서 망각의 세계 속에 스러지지 아니하고, 아직도 생생하게 살아 있는 몇 가지의 희미한 자취가 과거를 증명하고 있을 뿐이다.

유난히 즐거웠던 순간, 전율하도록 무서웠던 순간, 이상한 사모의 순간, 뚜렷한 경이의 순간, 죄악의 순간, 이러한 순간들이 우리들의 깊은 곳에 울림처럼 남아 있는 것이 바로 생의 과거인 것이다.

인간은 어디서 와서 어디로 가는 것일까?

우리는 생명의 유래를 알 수 없다. 어디에서 와서 어디로 가는지를 알지 못한다. 철학자나 과학자, 신학자들도 이 물음에 대해서 만큼은 확신을 가지고 대답할 수 없다. 물론 대답할 수 있다고 단순히 생각하는 사람이 없는 것은 아니다. 이 지구상에 생명이라는 것이 존재하고 있지 않은 그 옛날, 유구한 시대를 두고 이 힘은 어디에서 잠을 자고 있었던 것일까? 지구 건너편에 있는 무한한 우주로부터 적당한 탄생의 기회가 오기를 기다리고 있었던가? 이 힘은 예정된 시간까지 잠재해 있던 일정의 물리, 화학적 실재라고 생각하면 어떨까? 이러한 비존재와 영원한 수면과의 차이는 무엇일까? 존재에 도달하지 못하는 이 생명의 능력은 어디서 와서 어디로 가는 것인가? 이런 것을 아무리 생각해 봐도 그 실마리를 찾을 수 없으므로 우리는 자신의 좁은 영역으로 돌아갈 수밖에 없다. 우리의 풍성한 생명의 집인 지구는 생명이 존재할 수 없는 단계에 이르기까지 아마 수천억 년은 경과했을 것이다. 이와 같은 현세의 관점에서 본다면, 우리의 삶은 이해할 수 없는 아득한 시간의 여정이었음이 틀림없다.

삶은 사랑을 통해서만 의미를 갖게 된다

이 세상의 모든 것은 다 모방하고 위조할 수 있지만 사랑만은 그렇게 할 수가 없다. 사랑이란 훔칠 수도, 위조할 수도 없는 투명한 공기와 같다. 사랑이란 자신을 완전히 이해할 줄 아는 마음 속에서만 살아있다. 그러한 마음은 모든 예술을 창작할 수 있는 원천이기도 하다.

대다수의 사람들은 자신의 삶을 신용과 믿음, 사랑으로서 영위하려 하지 않고 돈과 상품으로 지불하려고만 한다.

삶은 오직 사랑을 통해서만 의미를 지니게 되는 운명적인 것이다. 이를테면 더욱 더 사랑을 하고 자신과 타인을 위해 헌신할 마음을 지니고 있다면, 우리의 삶은 그만큼 의미가 깊어질 것이다.

그러므로 우리의 삶이란 사랑없이는 아무런 가치도 부여할 수 없다. 사랑이란 슬픔 속에서도 의연해지고 미소지을 수 있는 능력을 말한다. 자기 자신에 대한 끊임없는 사랑, 자기 운명에 대한 헌신적인 사랑, 사랑을 통해 아직은 볼 수가 없고 이해할 수가 없는 경우일지라도 신비한 것이 우리에게 요구하고, 계획하고 있는 것, 충심으로 동의하는 것, 이것이 바로 우리의 인생 목표이며 삶의 실체인 것이다.

현명한 사람은 부의 가치를 알지만, 부자는 지혜가 가져다 주는 즐거움을 모른다
| 헤브라이 속담

주는 것이 받는 것보다 행복하고, 사랑하는 것이 사랑 받는 것보다 아름다우며 우리를 행복하게 해준다. 그러나 젊은 사람들의 맹목적인 사랑과 오랜 결혼 생활에서 얻은 사랑은 빛깔이 다르다.

세상에는 크고 작은 길이 너무나 많다

세상에는 크고 작은 길이 너무나 많다. 그러나 도착지는 모두가 다 같다. 말을 타고 갈 수도 있고, 차로 갈 수도 있고, 둘이서 아니면, 셋이서 함께 갈 수도 있다. 그러나 마지막 한 걸음은 혼자서 가야 한다. 그러므로 이 세상에서 아무리 어려운 일이라도 혼자서 하는 것보다 더 나은 지혜나 능력은 없다.

창조적인 삶의 지혜

사람은 무엇 때문에 아침이면 일어나서 먹고, 마시고, 그리고 다시금 잠드는 것일까? 어린이, 젊은이, 야만인, 동물들까지 이 무관심한 일상이나 행동의 순회에 고민하지 않는다. 사색을 모르거나 괴로워하지 않는 자는 매일 반복되는 아침을 맞아 눈을 뜨고 기상하여 음식을 즐기며, 탐욕하며 거기서 만족을 느끼며 세상일에는 별로 신경 쓰지 않는다. 그러나 그것이 확실한 삶의 방법이라고 생각지 않는 사람은 하루하루를 살아가면서 날카롭게 주위를 돌아보며 참된 생활의 지혜를 구하게 된다. 이것을 창조적인 삶의 지혜라고 말할 수 있다. 왜냐 하면 그와 같은 삶의 순간 순간은 창조주와 합일된 감정을 맛볼 수 있는 생활의 향기이며 매사를 우연이라고 할 수 있는 것들조차 의욕적으로 받아들여지기 때문이다.

위를 보며 걷자

두 어깨를 활짝 펴고 고개를 높이 쳐들어라. 사랑하는 친구들이여! 한 번쯤은 위를 보며 걷자. 그러면 한 그루의 나무나 최소한 눈 높이 만큼의 푸른 하늘을 어디에서나 볼 수 있으리라. 그렇다고 푸른 하늘만을 염원할 필요는 없다. 어떤 방법으로도 밝은 태양빛을 자유로이 느낄 수 있지 않는가. 그러므로 매일 아침 한순간만이라도 하늘을 쳐다보는 습관을 갖도록 하라. 그러면 당신은 신선한 대기를 호흡할 수 있고, 하루의 수면과 노동을 통해 삶의 따뜻한 숨결을 맛볼 수 있을 것이다. 이렇게 하루를 맞이하고 보내게 될 때 당신은 그 나름대로의 모습으로 특별한 광채를 지니고 있다는 것을 깨닫게 될 것이다. 이렇듯 사소한 것을 통해 느끼는 것만으로는 즐거움을 얻을 수 있다고 생각지 말라. 내가 보증하건대, 당신은 그 작은 공간의 무대에서 무엇인가를 얻게 될 것이다.

삶에는 공식이 없다

한 그루의 나무가 자라는 데는 적당한 땅과 공간과 햇볕과 물이 필요하듯이 인간이 생활을 영위해 가는 데 있어서도 여러 가지 생존 조건이 반드시 갖춰져야 한다.

기회 포착의 능력이 부족하면 삶의 길을 잃어버리거나 낙오자가 된다. 설사 좋은 기회를 얻게 되더라도 한순간의 결정적인 선택이 모든 것을 좌우하게 된다. 생활을 통해 얻어지는 성공과 실패는 자신과의 싸움이다. 그러므로 삶에는 공식이 없다.

인생은 실패와 좌절의 연속이다

인생은 실패와 좌절의 연속이다. 그 중요한 원인은 자연이나 운명에 있는 것이 아니라, 우리 자신의 잘못된 교육과 지식에 모든 책임이 있다. 거대한 조직체를 만들기에 열중하고 그 속에 스스로를 얽매어 놓고 끊임없이 분규와 혼란에 빠져 있다. 또 우리는 여러 가지로 힘의 비결을 발견하고는 믿을 수 없을 만큼 거대한 자연의 법칙까지 지배하려고 한다. 하지만 우리 자신은 그 자연의 힘에 노예가 되거나 희생물이 된다.

인간은 사회적 동물이다

온화한 성격을 가진 사람은 허무감을 모른다. 하루의 일이 끝나면 그들만의 작은 즐거움이나 알맞은 취미 생활을 즐긴다. 그래서 우표를 수집한다든가, 가벼운 게임에 몰두한다던가, 봉사활동을 하던가, 지역사회를 위한 모임에 참여하거나 교회 활동에 마음을 쏟는다.

한 걸음 더 나아가 생활에서 큰 자극을 얻을 필요가 있을 때에는 탈선 행위를 넘어선 지경에서까지 자신을 맡겨본다. 또 어떤 사람은 일부러 음담패설로 쾌감을 느끼기도 한다. 그들은 일찍부터 그런 관습에서 다소의 만족을 얻었기 때문이다.

인간은 자기 자신에게로 돌아가는 하나의 길이다

인간의 생활은 모두 자기 자신에게로 돌아가는 하나의 길이며, 죽음의 시도이고 골목과 같은 미로이며 암시이다. 어떤 인간도 완전하게 자기 자신이었던 예는 없다. 누구나 다 그렇게 되려고 애쓰고 있을 뿐이다. 어떤 자는 막연하게, 어떤 자는 뚜렷이 그 힘에 의존한다.

인간은 모두 탄생의 유산인 원시의 점액과 알껍질을 죽을 때까지 숙명적으로 몸에 지니고 있다. 그러나 끝내 인간이 되지 못하고, 개구리나 도마뱀, 개미인 채로 남아 있는 것도 있다. 상반신은 인간이고 하반신은 물고기인 사람과 같은 동물도 있다.

그러나 개개인은 자연을 향해서 몸을 던지는 투척과 같은 존재에 불과하다. 우리들은 어머니라는 존재를 공통적으로 가지고 있다. 우리는 모두 같은 곳에서 생명을 얻은 것이다. 그것은 깊은 곳에서의 배설이며 투척되어진 개개인은 서로 다른 목표를 향해 노력하고 있을 뿐이다. 그러나 우리는 서로를 이해할 수 있다. 하지만 개개인은 자기 자신 밖에 더 이상 설명할 수 없는 제한된 존재이다.

일생동안 양심의 거울 앞에 마주 서게 되는 시간은 짧다

우리의 인생이 영혼의 모습을 의식할 수 있는 시간, 즉 감각과 정신이 뒤로 물러서고 영혼이 적나라하게 양심의 거울 앞에 마주 서게 되는 시간은 매우 짧다.

이러한 형상은 대개 큰 고통을 체험하고 난 후에 일어난다. 어머니의 병상에서, 가까운 사람의 임종 곁에서, 혹은 길고 먼 고독한 여행을 끝내고 지친 몸으로 집에 돌아왔을 때 잠시 동안 그런 일이 일어날지도 모르지만, 그것은 언제나 좌절과 방해, 혼돈 속에서 진행된다. 바로 여기에 뜬눈으로 지새운 숱한 밤의 가치를 음미하게 된다.

이렇듯 육체는 잠들고 영혼만의 시간인 밤이 찾아오고 이유를 알 수 없는 불안 속에서 잠 못 이룰 때 영혼은 현실의 사슬을 벗어버리고 벅찬 생명의 환희로 넘치는 충만감에 또 다시 놀라게 될 것이다.

때때로 우리의 인생이 형식에 의해 좌우되지 않는다는 점, 우리가 모든 외적인 것에 의해 작용하거나 변화되지 않는 위력을 내면에 지니고 있다는데 스스로 놀라워한다.

그리고 우리가 마음대로 조절하지 못하는 목소리가 자신의 내면에서 진실을 말하고 있다는 사실을 깨닫는 것은 매우 유익한 일이다.

진실된 자와 견고한 신앙을 가진 자는 이러한 목소리에 경의를 표하고, 심오한 의미를 깨달으며 형식적인 시간들로부터 스스로 벗어난다.

인간은 누구나 다 우주의 중심이다

인간은 누구나 다 우주의 중심이다. 그러므로 우주는 인간의 둘레를 제멋대로 빙빙 돌고 있는 것처럼 보인다. 또한 하루하루가 세계의 종점이며 정점이다. 그 배후에는 몇 천 년에 걸친 민족의 흥망성쇠가 있었고, 그 이면에는 허무가 있을 뿐이다.

하지만, 이 순간 현재라는 정점에서 세계의 모든 기구가 협동하여 봉사하고 있는 것처럼 보인다. 소박하고 정의로운 인간은 자기가 중심이라는 사명감에 인류의 흐름 속에 모습을 드러내지만, 때로는 자기만이 홀로 인간의 강가에 서 있다는 고독감에 빠지게 될 때는 타인으로부터의 충고를 거부한다.

한편 인간은 각성을 통해 현실에 직면하고 있음을 절실히 느끼고, 상처 받기 쉬운 정신을 적의 있는 가증한 세계라고 잘못 판단한다. 그리고 각성 상태가 엄습되었다고 생각되는 사람들, 문제를 제기하는 사람, 천재, 예언자, 이러한 무분별한 사람들에게서 본능적인 노여움으로부터 몸을 돌리게 된다.

명예와 권력만을 좇는 사람은 그 시대의 물거품이다

삶을 살아가면서 소유와 권력, 명예를 얻기 위해 쏟아붓는 헛된 노력은 우리의 힘을 앗아가고 불행을 초래하지만, 작은 헌신이나 사랑의 희생은 우리 모두를 풍요롭게 해주며, 시간과 공간을 초월하여 삶의 아름다움과 미래의 꿈을 밝혀 주는 고귀하고도 소박한 비밀이라고 할 수 있다.

일찍이 인도인들이 이를 깨닫고 널리 가르쳤으며, 지혜로운 그리스인들이 그 깨달음을 따랐으며, 가난한 예수가 죽음을 택하면서까지 그것을 베풀었다. 그 후에도 수많은 현자들이 같은 길을 걸었고, 그들의 가르침 역시 변함이 없었다. 그것의 의미를 깨닫고 터득한 예술가의 작품이 오랫동안 사랑을 받은 반면에 명예나 권력만을 따랐던 사람들과 부자들의 영화는 그 시대에 물거품처럼 사라지고 말았다.

그러므로 당신들은 플라톤을 배우고, 예수를 따르고, 고독한 철학자인 스피노자에 귀를 기울이고, 자연 속에서 인간의 영혼을 노래한 시인 쉴러를 음미한다. 그러므로 마침내 권력이나 명예, 치부와 소유를 추구하지 않은 사람만이 행복의 풍요로움을 누릴 수 있다는 궁극의 지혜가 깃들어 있음을 깨닫게 되었다.

인생은 무의미한 가운데서도 큰 의미를 지니고 있다

인생은 무의미한 가운데서도 큰 의미를 지니고 있다. 그 유익한 의미를 오성으로 파악할 수 없다고 하겠지만, 자신을 희생하고서라도 이 유익한 의미에 봉사할 수 있는 신앙은 오직 스스로가 체험할 수 있을 때 나타난다. 이러한 체험을 가져보지 못한 사람들은 잘 기획된 교회나 매력적인 단체, 이데올로기에서 그 의미를 찾고자 노력한다.

인생에는 의미가 있어야 한다고 한다. 그러나 인생에는 우리가 부여할 수 있는 만큼의 의미만 존재할 뿐이다. 개인적으로는 그러한 일을 온전히 경험할 수 없으므로 종교와 철학을 통해 의미있는 위안을 구하고자 한다.

그 의미에 이르는 길은 어디에서나 같다. 즉, 인생의 의미는 오로지 사랑의 길에 있다. 우리가 서로 사랑하고 자기 자신에게 헌신할 수 있는 만큼 인생의 의미도 깊어지는 것이다.

인간은 끊임없는 고통 속에서 삶을 재창조한다

우리가 사소한 일로 번민할 때, 대수롭지도 않는 일을 가지고 쓸데없이 화를 낼 때, 다른 사람보다 나아지려고 안간힘을 쓸 때, 자기보다 못한 사람을 도와 주지 않을 때, 돈을 제대로 쓸 줄도 모르면서 재물을 탐내어 서로 싸울 때, 권력 사용 방법도 모르면서 맹목적으로 욕심을 부릴 때, 수단만을 일삼고 목적을 이루지 못하면서 밤낮으로 동분서주할 때, 그들은 이러한 삶의 비애에 더 큰 고통을 받는다.

시간은 부족하고 하나도 성취되는 것이 없는 인간의 삶, 공연히 허망한 노력만 하고, 타인의 성공 기회마저 해치고, 쓸데없이 싸움만 일삼는다면, 이는 심신과 정신을 낭비할 뿐이다. 이와 같이 인생의 도처에는 좌절만이 있을 따름이다.

인간은 현명한 바보다. 그러나 어리석은 천재다

인간은 현명한 바보다. 최고의 삶의 기술자이면서 사회적 기술이 부족한 자다. 훌륭한 기계를 연구해 낼만큼 지혜롭기는 하나, 그것을 이용하는 데는 한없이 서투른 자다.

하늘의 현상을 읽는 기술에는 능하지만, 그 시대의 상황에 대해서는 맹목적이다. 자신의 지식을 기술에 이용하는 데는 재빠르나 마음의 움직임을 간파하는 데는 매우 어리석다. 인간은 위대한 계산자이지만, 그 계산의 결과는 나쁘다. 인간은 놀라운 연구자이지만, 계획은 그에게 큰 불행을 가져다주기도 한다.

인간이 지내온 삶의 기록을 더듬어보면 밤낮을 변함없는 테두리 속에서 반복된 연속에 불과할 뿐이다. 그러나 인간이 이루어 놓은 힘은 너무나 비대해졌기 때문에 이를 소모시키기 위한 전쟁이란 연극은 한창 더 무섭고 중대한 것이 되었다. 힘있는 자의 어리석음으로 권력이 늘 오용되어 왔기 때문이다.

고대 희랍이 이루어 놓은 놀라운 인간의 업적을 보라. 천부의 재능이 풍부한 그들은 멸망할 수 없는 위대한 유산을 인류에게 남겨 놓았다.

그것은 모든 시대의 사상가와 예술가들에게 주는 영감의 빛이 되는 인간의 유산이었다. 몇 개의 작은 도시에 살던 소수의 고대 희랍인들은 몇 세대의 걸쳐 창조적 예술과 인류의 정신을 가지고 위대한 문화의 꽃을 피어 놓았던 것이다.

경험이 가져다 주는 위대한 선물은 성공이다

경험이 가져다 주는 위대한 선물은 성공이다. 좀 더 영속적인 기쁨을 얻으려면 끊임없는 훈련과 삶에 대한 공부가 필요하다.

대다수의 인간이 훈련에 힘 써야 할 점은 상상력이다. 상상력은 어떤 상태와 그 속에 포함된 일체의 풍성한 특색을 느끼는 힘이다. 경험을 통한 능력은 사람에 따라 각각 차이가 있다.

그러나 경험에서 얻어진 능력을 점점 확대할 수 있다. 자연 그대로의 모습이건, 인간의 정신적 창조물이건, 사물의 형태, 성질, 특수한 복잡성에 관해서 관심과 아름다움을 구별할 줄 알게 될 때, 생명의 에네르기가 계속되는 동안은 고갈될 수 없는 만족함의 원천을 가지게 된다. 동시에 정신과 심령을 구별하는 힘이 필요하다.

왜냐 하면 경험을 풍부히 하려면 분석과 감상이 필요하기 때문이다.

누구를 막론하고 자기가 계획한 일이 실패하거나 포기하지 않으면 안될 때 깊은 좌절감과 함께 주위 사람들에 대해서까지 불쾌한 감정을 경험하는 경우가 있다. 사람들이 진실을 감추기 위해 기만하거나 허위로 위장하려 할 때 분노한 나머지 밖으로 뛰쳐 나와 숲속이나 벌판을 헤매이면서 밤하늘을 올려다보며, "왜 쓸데없이 화를 내는 거요? 당신이 꼭 분노해야 할 이유가 뭡니까."하고 자책의 소리를 마음 속으로부터 듣는다.

이 책을 읽는 분을 위하여

이 책의 저자인 올코트(Allcoat)는 1798년에 태어나 1859년에 세상을 떠난 미국의 교육자이자 의사로서 교육의 개혁자이기도 하다. 건강한 생활의 보급과 교육 개혁에도 열심이었다.

올코트가 태어난 1798년은 나폴레옹이 이집트를 공격하였는데, 그 틈을 타서 넬슨이 이끄는 영국 함대가 나폴레옹군을 격파하였다. 이보다 앞선 1776년에는 미국이 독립을 선언했고, 1789년에는 프랑스 혁명이 발발하였다.

또 그가 죽은 1859년에는 찰스 다윈이 '종의 기원'을 발표했고, 2년 뒤인 1861년에는 남북전쟁이 일어났다. 그러니까 올코트는 나폴레옹, 넬슨, 워싱턴, 찰스 다윈, 링컨들과 같은 시대에 살았다.

그 무렵 올코트의 모국인 미국은 신세계 개혁이라는 절대절명의 개혁정신이 넘친 나라였다.

이와 같은 시대의 공기는 그 무렵의 저자가 쓴 내용에 민감하게 영향을 준다. 이런 뜻에서도 인간은 바로 시대의 산물인 것이다. 그것은 또 지금부터 100년 전에 쓰여진 시뮤엘 스마일드의 『자조론』이나 『품행론』이 젊음에 넘쳐 있던 무렵의 영국의 지적 산물이었던 것은 좋은 예다.

이 책 역시 올코트가 그와 같은 시대와 인간을 배경으로 쓰여진 것으로, 현재 21세기에 접어들어 무한경쟁을 지향하는 오늘의 우리들에게 큰 도움이 될 것이라 생각된다.

현실 사회의 거센 물결에 밀리면서도 인생의 기초를 튼튼하게 세워 나가지 않으면 안 되는 시기에 있는 젊은이들이 자신의 인생에 대해 생각해야 할 것이 무엇인가 그 지침이 될 것이 틀림없다.

인격 형성, 생활 습관, 남과 사귀는 법, 해야 할 일, 지적 향상, 결혼 등등은 젊은이들에게 공통되는 문제가 총 망라되어 있는 시기가 아닌가.

'가능한 어떤 일이나 도전해 보라.'는 테마를 이 책의 첫머리에 왜 두었는 지, 그것은 자기 실현을 뜻하는 일이다. 그때 생각해야 할 가치 있는 목적으로서 올코트는 다음과 같은 3가지를 들고 있다.

① 자기 자신의 행복을 소중히 여긴다.
② 자기 가족을 헌신적으로 사랑한다.
③ 그리고나서 이웃에게 공헌한다.

자기 실현이나 가치 있는 목적으로 세계의 평화나 이상적인 세상을 건설할 것을 생각했던 사람은 그것이 자기 자신의 행복이나 자기 가족을 소중히 하는 것이라는 말을 들으면 실망할지도 모른다. 그러나 이 경우에는 실망한 쪽의 잘못이라는 것이다.

올코트식 삶은 일찍이 사서오경의 하나인 『논어』, 『맹자』, 『중용』, 『대학』에도 씌어 있다.

'수신제가 치국평천하修身齊家 治國平天下'

올코트의 이와 같은 교훈의 참뜻을 이해하지 못하고 갑자기 사회를 바로잡으려고 해 봤자 결과는 엉뚱한 일만 생긴다. 세계 평화를 주창하는 사람이 아내와 이혼하거나 이상적인 세상의 건설을 꿈꾸는 사람이 자기 자신의 경제 문제 하나 해결하지 못하는 사람이 있다. 그런 사람은 삶의 순서를 혼돈하고 있는 것이다.

그들은 먼저 남에게 폐를 끼치지 않은 인간이 되고나서 평화로운 가정을 꾸미도록 힘써야 한다. 이상적인 사회나 세계 평화는 그것이 이루어진 다음의 이야기다.

인간은 자기 자신을 가장 사랑스럽게 여겨야 한다는 사실을 무시해서는 안 된다. 보라! 이론적으로는 그럴싸한 사회주의 경제가 실재로는 전혀 그 기능을 다 하지 못한 것은 이런 현실을 무시했기 때문이다.

이미 황폐해진 국영농장 바로 이웃의 사영농장에는 푸르름이 넘쳐나서 생산성이 높은 것은 바로 그 증거다. 사회주의 경제의 열악성은 통제 경제를 보아도 알 수 있다.

번영하는 자유의 한편에는 사회주의 경제보다 한결 생산적인 것은 당연하다. 번영과 도산을 가름짓는 눈에 보이지 않은 작용을 일찍이 아담 스미스는 '신의 보이지 않는 손'이라고 말했다. 자유경쟁 사회에서는 보다 값싸고 양질의 서비스를 제공한 사람이 번영하고 이와 반대되는 사람은 도산한다.

아무튼 자기 자신의 행복이나 자기 가족을 소중히 하는

일은 결코 소시민적인 생각만은 아니다. 그것을 확실히 인식해야 한다고 올코트는 젊은이들에게 권고하고 있다. 그런데 사람은 종종 목적과 수단을 혼동하는 경우가 많다. 예를 든다면 부富는 자기 실현을 위한 수단이지 목적은 아닐 것이다.

그 점을 확실히 알고 보다 높은 목적을 이루기 위해 먼저 자기 자신의 행복과 가족의 행복, 그리고나서 부의 획득을 생각해야 한다. 이 점을 올코트는 간절하게 역설하고 있다.

이 세상을 살아가면서 감나무 아래 편하게 누워서 홍시가 떨어지기를 기다리는 것은 생각할 수도 없는 일이다. 자기 자신과 가족의 행복이나 부를 이루려면 부지런히 일하지 않으면 안 된다.

시간을 유효하게 이용하기 위해 생각한 뜻을 곧바로 실행에 옮긴다든가, 물건을 보관시킨 곳을 정해 놓고 그것을 찾는데 불필요한 시간을 낭비하지 않는다거나, 일찍 자고 일찍 일어나는 일을 실행해야 한다.

절제에 대해 논한 제2장에서 저자는 무엇보다도 폭음 폭식을 경고하고 있다. 미식가들이 들으면 화를 낼 일을 여러 가지로 나누어 쓰고 있다. 진수성찬을 마련하려면 시간과 노력을 들여야 한다. 그만큼 돈도 많이 지출된다.

흔히 자기는 미식가라며 자랑하는 사람이 있는데, 미식은 오히려 건강에도 좋지 않은 점이 많다. 음식을 골고루 취하지 않고 자기 입맛에 맞는 것만 먹는다면 찾아오는 것은 오직 무서운 병마뿐이다.

다소 극단적인 논리 같지만 역자인 나는 저자의 이 같은 생각에 기본적으로 찬성하고 있다. 이를테면 1킬로그램 고기를 얻으려면 약 100킬로그램이란 곡물의 댓가가 필요하다. 먹이사슬을 더듬어가면 그 도중에서 많은 에너지가 소실되기 때문이다. 따라서 1킬로그램의 맛있고 고소한 고기를 먹는 사람은 그 행위에 의해 남으로부터 100킬로그램의 곡물을 빼앗고 있는 셈이 된다.

올코트는 또 커피나 녹차는 건강을 위해 삼가고 그 대신 순수한 물을 마시라고 권하고 있다. 물론 이는 요즘처럼 물도 마음 놓고 마실 수 없는 상황에서는 맞지 않은 말 같으나 아무튼 깨끗한 물이야말로 최고의 음료수이자, 인류가 억겁을 두고 마셔 온 건강 음료수라는 뜻이다.

미식에 대해서는 또 명심해야 할 점이 있다고 강조한다. 엊그제 새 살림을 꾸민 젊은이들이 수십만 원하는 식대를 지불하며 고급 식당에서 분위기를 잡고 있는 모습을 보면 걱정스럽다. 진정으로 그와 그녀가 할 일은 다른 데에 있지 않을까 염려된다.

짧은 시간에 식사를 하거나 식사 도중에 책을 읽는 태도를 올코트는 극구 말리고 있다. 그렇게 함으로써 소화만 나빠질뿐 시간 절약은 되지 않음으로 초라한 음식이라도 충분한 시간을 들여 잘 씹어서 먹으면 된다는 것이다. 식사뿐만 아니라 그 외의 여러 생활 습관에 대해서도 올코트는 일관되게 한 가지만을 주장하고 있다.

일상적인 일에 대해서는 될 수 있는 한 시간을 들이지 말라는 것이다. 사치를 삼기라고 주장하는 것도 그것이 도덕적인 문제만 아니라, 합리적인 생활을 바라는 자세의 일환

임을 역설하고 있다. 쓸데없는 일에 에너지를 남용하지 말라는 뜻은 산더미 같은 일상의 홍수에 꼼짝할 수가 없는 현대인들에게 이것만큼 심금을 울리는 메시지도 없다. 그야말로 세월을 뛰어넘어 호소하는 인생의 진실이다.

진실이라고 하면 좀 지나친 표현일지 모르나 실은 우리들의 생활방식 속에 깃들어 있는 가치의 기준이 아닌가 한다. 하지만 이 점을 잘 모르는 사람들이 많다.

이 책에서는 남과 대화할 때, 대화를 혼자 독점하거나 상대의 말에 귀를 기울이지 않거나 말참견을 하는 것을 경고하면서 세상에는 이 정도의 당연한 예의조차도 모르는 사람이 많다고 탓하고 있다.

그리고 더 읽어가면 일에 대한 충고의 말이 눈에 띈다. 올코트는 이 세상에 쓸데없는 일이란 하나도 없다고 단언하고 있다. 자기가 하는 일을 쓸데없는 노동이라고 말하는 사람을 자세히 관찰해 보면 오히려 그 사람 자신이 그릇된 편견과 오해가 많다는 것이다.

아무튼 두말말고 성실하게 일하여 실력을 갖추도록 해야 한다. 이런 사람을 세상이 모른체할 리가 없다.

물론 세상일을 혼자서는 해나갈 수 없으므로 아무래도 우리는 남과 더불어 살아갈 수밖에 없다. 그럴 때 어떤 사람이 협력자로 남아야 할 것인가에 대해서도 이 책에 씌어 있다. 그것은 인간 통찰에 대한 일반론이라고 해도 좋다.

일을 함께 할 상대로서 가장 알맞은 사람은 도리에 맞는 도덕심을 바탕으로 냉정하면서도 단호한 성질에 언제라도 돕겠다는 친절한 가슴을 가진 사람이다.

그리고 오랜 경험과 세상에 대한 해박한 지식을 완비하고 주위 사람들로부터 신망을 얻고 생활이 안정된 인물이면 더할 나위가 없다. 이는 옳은 삶의 방법이며 이런 사람이야말로 최고의 자기 실현을 이룬 사람이다.

일이라는 것은 한 사람의 인생에 적잖은 범위를 차지하고 있음에 틀림없다. 일하지 않는 자는 먹을 자격이 없다. 예수도 부처도 한결같이 일하지 않으면 먹지도 말라고 가르치지 않았던가. 올코트도 이와 비슷한 말을 하고 있다.

특히 강조하고 있는 말은 일에 바쁜 나날 가운데서도 독자 여러분은 일평생을 통해 뭔가 배우려는 자세를 잊어서는 안 된다. 이것이 올코트가 주장하는 인간의 빛깔이다.

공부라고 하면 학교에서 수업 받는 내용만을 말하는 것이 아니다. 학교를 졸업한 지 오래된 사람이나 하루하루 일에 매달리는 사람일지라도 공부하기에 따라서 지식을 늘릴 수도 있고 지적 능력을 닦을 수도 있다.

시간이 없다라든가, 그런 일에 돈을 들일 여유가 없다는 사람에게는 제5장의 '지적 수양의 조건'을 꼭 읽기 바란다.

올코트는 이론보다도 우선 현실을 잘 관찰하라고 말하고 있다. 책상 앞에 눌러앉아 책만 읽을 것이 아니라 자기 눈으로 직접 현실 세계를 관찰함으로써 더 없는 삶의 지식을 얻을 수 있다는 것이다.

따라서, 예를 들어 여행 중이라면 독서하는 걸 잠시 접어두고 차 안에서 창밖의 사물을 관찰할 것을 권하고 있다.

이것은 진실이다. 이를테면 어떤 나라에 대해 알고자 할 때는 그 나라의 유명한 호텔 로비에 앉아 그곳을 드나드는 사람들의 복장이나 대화, 태도 등에 귀와 눈을 기울여야 한다. 그 나라에 대해서 써 놓은 어떤 책자에서도 얻을 수 없는 새로운 진실을 얻을 수 있기 때문이다.

사물에 대한 관찰과 함께 중요한 지적 향상의 유효한 방법은 대화다. 입으로 전해지는 말을 들었을 때는 그것이 쉽게 잊혀지지 않으며 경우에 따라서는 책에서 얻을 수 없는 귀중한 최신 정보를 얻을 수 있기 때문이다.

어떤 사람이라도 자기가 특별히 잘 하고 싶은 분야가 한두 가지는 있게 마련이다. 그러므로 남과 이야기할 때는 먼저 상대가 어떤 점에 뛰어난가를 살펴본 후 그것을 화제로 삼으면 된다. 그러면 자기 혼자의 힘으로는 도저히 조사할 수 없는 광범위한 정보를 얻어낼 수 있다.

지적 향상의 선택 방법은 책이다. 세상에는 책 읽기를 싫어하는 사람도 있고 읽을 시간이 없다고 얼버무리는 사람이 있다. 그러나 그것은 단순한 변명에 지나지 않는다. 책 읽기를 좋아하려면 무조건 독서할 일이다. 이에 대한 구체적인 방법은 여러 가지가 있다.

신문을 이용하여 거기 나온 지명이나 의견에서 기초지식을 쌓는다. 또한 항해기나 여행기, 전기 같은 논픽션부터 시작하여 흥미의 범위를 차츰 넓혀간다. 판에 박은 듯한 일기가 아니라 생각을 자유로이 엮은 일기를 쓴다. 수첩이나 메모지를 항상 가지고 다니면서 관찰한 일이나 흥미 있었던 일을 적어두는 습관을 갖는다.

어떤가? 올코트의 이와 같은 조언을 실행함에 있어서

무슨 특별한 조건이 필요하겠는가.

무엇보다도 중요한 것은 본인이 하겠다는 의욕만 있으면 된다. 지적 향상과 함께 아니, 그 이상으로 중대한 인생의 문제로서 인간관계를 무시할 수가 없다.

결혼에 대해 말한 제6장에서 결혼하지 않은 사람은 반쪽 인간이며, 인간은 될 수 있는 대로 일찍 결혼할 것을 올코트는 조언하고 있다. 그는 주로 남성의 입장에서 결혼 상대로 알맞은 여성의 조건을 들고 있는데, 이것은 장차 남의 아내가 될 젊은 사람으로서의 조건이다.

살림하기를 좋아할 것, 부지런 할 것, 검약해야 할 것, 마음씨가 착하고 넓을 것, 매사에 확실할 것, 향상심이 있을 것, 상식이 있을 것, 교양이 있을 것 등등이다.

이에 대해 어떤 사람은 너무 상식적이 아니냐고 가볍게 여길지 모른다. 그보다도 오히려 여성의 첫째 조건은 아름다움이나 애정을 꼽으려는 사람도 있을 것이다.

그러나 오늘날 결혼에 실패한 경험자들은 여성의 아름다움이나 애정만 쫓다가 나중에 큰 코 다쳤다는 사실을 토로하고 있다. 그리고 성공한 사람의 대부분은 올코트가 지적한 조건에 따라야 함을 권고하고 있다.

피아노나 노래가 밥을 만들어 줄 리 없고, 낭비벽이 있는 아내에 대한 방위 수단도 없다. 결혼 전의 젊은 남녀들은 올코트가 한 말에 꼭 귀를 기울여야 한다.

다행히 이러한 조건에 맞는 상대를 찾아내서 애정이 넘치는 행복한 가정을 꾸려 마침내 태어날 아이와 더불어 더욱 행복해진다면 이외에 또 다른 행복이 어디에 있겠는가.

친구를 선택함에 있어서 올코트는 말보다도 오히려 행동에 주목하라고 충고하고 있다.

그렇다. 공자도 일찍이 교언영색巧言令色은 선의인鮮矣仁이라 하지 않았던가. 말은 그럴듯하게 하여 얼굴빛을 꾸며 상냥한체 하는 사람치고 어진 사람이 없다는 뜻이다.

올코트는 또 부모의 애정을 빼앗으려는 기묘한 말을 하고 있는데 참다운 우정의 모범적인 예가 부모 자식간의 애정이기 때문이다. 그런데 이 말의 참뜻을 이해하지 못하는 사람은 불행하다. 행복한 가정을 꾸미지 못하는 자가 이상만 쫓거나 세계의 평화를 논해 봤자 무슨 결실이 있겠는가.

이것이 이 책의 주요 내용이다. 역자로서는 공명하는 점이 많다. '수신修身'이라는 교과서가 우리 교육현장에서 사라진지 얼마나 되는 지 아마, 그걸 알고 있는 사람은 많지 않을 것이다.

이 책은 백년 전에 격변한 미국의 처지와 세계의 흐름에 경종을 울린 한 교육자의 호소였으나 당시 이 책이 어느 만큼 읽혔는가는 알 수가 없다. 그러나 1세기가 지난 오늘 미국 전역에 인생의 수신과목으로 널리 읽혀 공명을 일으키고 있다고 한다. 미국 전 대통령 카터는 이 책에 심취하여 3사관학교 교양 교재로 추천한 바도 있다.

지적인 인생을 추구하는데는 세계의 동서가 다를 바가 없다. 그들에게 효孝라는 어구적 표현이 없을지라도 나를 낳아 길러준 부모에 대한 은공을 감사하라고 가르치고 있다.

올코트가 한결같이 주장하는 나 자신을 존중하라는 말은

얼핏 들으면 개인의 이기주의처럼 들리지만, 내가 있고 나서 가정도 있고 국가 사회가 있다는 말을 이해하면 단순한 개인주의로는 느껴지지 않을 것이다. 자기를 존중한다는 것은 곧 자기 실현임을 알 수 있다.

보라! 수많은 파렴치한, 인간성 파괴는 모두 나 자신을 아끼지 않은데서 파생되지 않는가! 자기 실현을 하지 못한 탓이다. 이것을 개인주의라고 매도하는 사람이 있다면 그것은 매우 위험한 생각이다.

지금의 젊은이들도 언젠가는 부모가 되고 사회에서는 주위 사람의 사표가 될 것이고, 회사에서는 부하 직원을 거느리는 직위에 오를 것이다.

그때 이 책에서 말하고 있는 여러 가지 조언은 큰 도움이 될 것이다. 그리고 이 점을 실행에 옮겨 보아라. 참다운 애정으로 모든 것을 대할 때 나 자신이나 내 가정, 이 사회, 이 나라는 꼭 금수강산이 될 것이다. 죽었다가 다시 태어나고 싶은 그런 사회, 나라 말이다.

이 책이 많은 젊은이들에게 널리 읽혀 풍요로운 인생을 보내기를 역자로서도 간절히 부탁한다.

한편 독자들에게 큰 양해를 얻고자 싶은 것은 미국 지미카터 전 대통령이 자신의 삶의 지침서로 삼아 읽은 후 미육군 제3사관학교 교양도서로까지 추천한 바 있어 책 이름을 『대통령의 선물』로 했음을 양해해 주시기 바란다.

옮긴이 씀

성공의 길을 묻는 젊은이들에게
대통령의 선물

2004년 9월 20일 초판인쇄
2004년 9월 25일 초판발행
•
지은이 | 윌리암 올코트
옮긴이 | 홍 석 연
펴낸이 | 홍 철 부
펴낸데 | **문 지 사**
•
등록일 | 1978.8.11(제3-50호)
•
서울특별시 은평구 갈현1동 422-4
영업부 | 02) 386-8451
02) 386-8452
편집부 | 02) 382-0026
팩 스 | 02) 386-8453

값 9,500원